Rainer Moritz

Vielleicht die letzte Liebe

Roman

Oktopus

Für den Blick hinter die Verlagskulissen:
www.oktopusverlag.ch/newsletter

Ein Oktopus Buch bei Kampa

www.oktopusverlag.ch
Covergestaltung: Lara Flues, Kampa Verlag
Covermotiv: Composing aus Adobe Stock
Satz: Tristan Walkhoefer, Leipzig
Gesetzt aus der Stempel Garamond LT / 240125
Druck und Bindung: Friedrich Pustet, Regensburg
Auch als E-Book erhältlich
ISBN 978 3 311 30060 1

Et si mon cœur ne peut être
pour toi le premier
j'attendrai afin d'être
dans ta vie le dernier.

Johnny Hallyday: Tes tendres années

I

Füchse, ja, Füchse, keine Frage. Zuerst die Unsicherheit, als er im hohen Gras zwischen umgestürzten Grabsteinen ein Rascheln hört, im Halbdunkel der frühen Abendstunden. Katzen, das müssen Katzen sein, die heimlichen Herrscher über den Friedhof. Überall streifen sie herum, die Besucher keines Blickes würdigend. Im Sommer machen sie sich auf den Grabplatten breit, lecken ihre Pfoten und lassen sich den Bauch von der Sonne bescheinen. Nein, Katzen sind das nicht. Er erkennt ein funkelndes, auf ihn gerichtetes Augenpaar, dann ein zweites, rotbraunes Fell blitzt auf, und binnen weniger Sekunden endet der Spuk, verschwinden die Füchse, ja, wirklich Füchse, irgendwo auf der Avenue des Peupliers.

Bernard weiß, dass die Füchse nach und nach die Großstädte erobern, bislang nur die Außenbezirke, doch es wundert ihn nicht, dass auch ein so großer Friedhof mitten in Paris einen guten Lebensraum für sie abgibt. Am Tag sind sie unsichtbar, überlassen das Feld den Katzen, denen sie ohnehin aus dem Weg gehen. Da lohnt es sich also, die Nacht auf dem Friedhof zu verbringen. Zum dritten oder vierten Mal ignoriert er die offizielle Schließzeit. Als um Viertel vor sechs die Klingel ertönt, die die Besucher zum Verlassen des Friedhofs auffordert, versteckt er sich in einer der kleinen Kapellen, deren Türen aus den Angeln fallen, zwischen bröckelnden Steinwänden mit unleserlichen Inschriften. Jean-Luc und Alain, zwei der *agents d'accueil et de surveillance*, die ihn beinahe als ihresgleichen behandeln, hat er vorsichtig ausgefragt, nach abendlichen Kontrollgängen, nach Überwachungskameras. Sie haben lediglich mit den Achseln gezuckt. Wie soll das zu bewerkstelligen sein, an Personal mangelt es an allen Ecken und Enden, Friedhofswärter, das gilt nicht als attraktiver Beruf. Nein, auf den über vierzig Hektar sei es ein Leichtes, sich zu verstecken, doch wer, so Alain, wäre verrückt genug, sich auf einem Friedhof die Nacht um die Ohren zu schlagen?

Bernard hat genickt, einen Schlafsack versteckt, in einer der Divisionen, wo keine bekannten Künstler oder Politiker ruhen, und auf eine laue Sommernacht gewartet. Seiner Schwester hat er erzählt, dass er bei einem alten Freund auf dem Montmartre übernachte. Dort, wo ein Vierteljahrhundert lang sein Zuhause gewesen ist. Dass er die Nacht auf dem Friedhof verbringt, hätte seine Schwester überfordert, zumal sie sowieso voller Unverständnis für ihren verschrobenen Bruder ist. Früher warst du ein angesehener Geschäftsmann, und jetzt hast du nichts Besseres zu tun, als tagein, tagaus über den Friedhof zu wandern, als würdest du dich für einen würdigen Grabplatz interessieren.

Unter die Erde, Bernard, kommst du früh genug, ruft sie aus, schlägt sich mit der Hand gegen die Stirn und schaut ihren Bruder halb mitleidig, halb verächtlich an. Catherine, gut zehn Jahre jünger als er, führt ein anderes Leben.

Er entgegnet nichts, murmelt vor sich hin, dass es ihm gut damit gehe und dass es nichts schade, sich auf die ewige Ruhe vorzubereiten. Seine Toten erzählen ihm viele Geschichten. Catherine hört ihm längst nicht mehr zu. Seit fast drei Jahren hält er es so, vor über zwei Jahren hat er beschlossen, sein Leben auf den Kopf zu stellen. Er wollte nicht mehr dazugehören, damals.

2

Mit einer theatralischen Geste, die er für feierlich hielt, überreichte er den jungen Leuten die Schlüssel, Ende März 2014, ja, er erinnerte sich gut, obwohl ihm das alles wie das Kapitel eines Buches erschien, dessen Inhalt mit ihm nichts mehr zu tun hatte. Das junge Pärchen aus der Provence kaufte ihm den Laden, seine Cave de la Butte, kurzerhand ab. Keine Ahnung, woher sie das Geld dafür hatten. Sympathische Menschen, zu deren Familie, wie sie stolz erzählten, Weinbauern vom Mont Ventoux gehörten. Menschen, die das Interieur seines Geschäfts mit einem nachsichtigen Blick bedachten, als käme er aus einem verblichenen Zeitalter und verstünde nicht das Geringste davon, wie man heutzutage Weine zu präsentieren habe.

Dass er unterhalb seines Tresens ein ausgewähltes Sortiment an ausländischen Bieren führte, registrierten sie ungläubig. Während sie die Flächen ausmaßen, redeten sie davon, wo sie künftig eine Käsetheke und eine Schiene für Hartwürste aus der Auvergne unterbringen würden. Wein, sagten sie lachend, würde es weiterhin geben, keine Sorge, wenngleich man dem

Laden wohl einen anderen Namen verpassen müsste. Cave de la Butte, das klinge irgendwie … ja, verstaubt, wenn er verstehe.

Er lächelte ihnen zu, wünschte Glück. An Weinläden mangelte es nicht in der Gegend, doch es war ihm all die Jahre gelungen, seine – mit ihm älter gewordene – Stammkundschaft zu pflegen und ein Auskommen zu finden. Ein Metzger, ein Traiteur, Cafés, ein Franprix, zwei Bäcker, ein Antiquariat, dessen Inhaber sich nicht entscheiden konnte, ob er sein Geld mit Büchern, Zeitungen oder Schreibwaren verdienen wollte … und natürlich drei Immobilienbüros, die hier in den letzten Jahren wie Pilze aus dem Boden geschossen waren. Mit den kleinsten Appartements ließen sich am Montmartre satte Gewinne einfahren. Bernard hatte es sich abgewöhnt, die Anzeigen in den Schaufenstern zu studieren und sich darüber zu wundern, welche Summen für eine winzige Wohnung in der Rue Custine oder Rue Caulaincourt verlangt wurden.

Er wusste, dass es ihm schwerfallen würde, jemals das Viertel, seine immer noch günstige Altbauwohnung in der Rue des Saules, gerade mal fünf Minuten von seinem Geschäft entfernt, zu verlassen. Warum er denn verkaufe, hatte ihn die junge Frau aus der Provence lachend gefragt, er sei doch in den besten Jahren. Er begann zu stammeln. Etwas Neues wolle er ausprobieren, solange es noch gehe … man könne nicht bis in alle Ewigkeit Corbières oder Crozes-Hermitage unter die Leute bringen … Doch während er unsicher zu Ausführungen ansetzte und hoffte, von Nachfragen verschont zu bleiben, war ihm bewusst, dass er nicht die Wahrheit sagte. Nein, er wollte nichts Neues ausprobieren, sich etwas beweisen oder sich neu erfinden, wie es neuerdings hieß. Aber wie hätte er das den beiden, die Zuversicht und Zukunft ausstrahlten, erklären sollen? Wie ihnen verständlich machen, dass er genug hatte, sich danach sehnte, sich vom gesellschaftlichen Leben zu verabschieden? Sofern das möglich war …

Mit dem morgigen Tag wäre er nicht mehr der geschätzte, für seine Seriosität bekannte Weinhändler Bernard Vautrot. Ob er diesem geregelten Alltag bald nachtrauern würde? Finanziell brauchte er sich keine Sorgen zu machen. Das Pärchen hatte für das Geschäft einen anständigen Preis bezahlt, der sogar über den Erwartungen des Maklers lag. Zudem gab es da diese Erbschaft, mit der Tante Paulette ihn und seine Schwester vor ein paar Jahren überrascht hatte. Sie hatten Kontakt gehalten mit Paulette, der Pensionsbetreiberin aus Angers, sie gelegentlich besucht, wenn ein Wochenendausflug in die Bretagne anstand. Immerhin hatte sie der Versuchung widerstanden, ihr nicht unansehnliches Vermögen dem Tierheim zu vermachen, wie viele alleinstehende Damen es taten.

Catherine investierte ihren Erbteil in aufwendige Urlaube in Weltgegenden, die Bernard nur mit Mühe auf dem Globus hätte lokalisieren können. Er tat nichts dergleichen. Seit dem Tod seiner Frau verreiste er ungern. Allenfalls im August, wenn halb Paris aus der Stadt flüchtete, verbrachte er zwei Wochen in Départements, die weniger angesagt waren, machte sich zu abgelegenen Seen auf, besichtigte Kirchen und verkostete Weine, die er nicht kannte, aus Berufsgründen gewissermaßen.

Bernard öffnete die Schließanlage seiner Wohnung – ein überteuertes, mit mehreren Riegeln ausgestattetes System wie in einem Hochsicherheitstrakt, das er Mireille zuliebe angeschafft hatte. Vier Zimmer für zwei – ihr Sohn Maxime hatte bis kurz vor Mireilles Tod bei ihnen gelebt, ehe er sich als Reiseleiter selbstständig gemacht und sich quasi aus der Familie verabschiedet hatte –, das hatte gepasst, doch nach Mireilles Tod fand er sich in den vertrauten Räumen nicht mehr zurecht, fühlte sich verloren.

Er nahm, erstmals als Weinhändler im Ruhestand, auf dem Sofa Platz und schaffte es nicht, sich um ein Abendessen zu kümmern. Meistens nahm er, wenn er über Mittag die metallenen Rollläden seines Ladens heruntergelassen hatte, einen *plat du jour* in einem der zahllosen Cafés zu sich, in einer der Seitenstraßen, für die sich die Touristen nicht interessierten. Dann genügte ihm abends ein Käsesandwich zu seinem Bier. An bayerischen und englischen Bieren würde es ihm künftig nicht fehlen, die jungen Leute wollten ihm seine Restbestände überlassen.

Die Rollläden *seines* Ladens ... das stimmte nicht mehr ... Wie würde er seine Mittagspause künftig verbringen, nachdem das Wort seinen Sinn verloren hatte, wenn er gegen drei am Nachmittag sein Geschäft nicht mehr aufschließen und Empfehlungen geben würde?

Welcher Wein zu einem *blanquette de veau*, zu einem Pastagericht am besten passte …

Bernard streifte sein Samtjackett ab, eines von den vielen, die er besaß. Nie wäre er nur im Hemd oder Pullover vor seine Kundschaft getreten, das fügte sich nicht in sein Bild eines Kaufmanns, dem die Leute vertrauten. Er griff nach dem dunkelgrünen Kissen, auf dem Mireille, wenn sie von der Arbeit im Rathaus heimgekommen war, die Beine ausgestreckt ein Schläfchen gehalten hatte. Mireille … ein Foto von ihr stand auf dem Regal, ohne schwarze Trauerschleife.

Vor fünf Jahren … es war so schnell gegangen, die Krebsdiagnose aus heiterem Himmel, sie hatte über heftige Magenschmerzen geklagt, sie, die nie Krankgewesene, und war, was sie sonst vermied, in den Laden gekommen, zögernden Schrittes, um ihm in ihrer ruhigen Art mitzuteilen, dass sie nicht mehr als ein halbes Jahr zu leben hatte. Acht Monate später war sie tot, eine Frau von einundfünfzig Jahren, unerträglich ihre Qualen in den letzten Wochen, das Ende in einem Hospiz. Bernard hatte Abend für Abend ihre Hand gehalten, unfähig, sie zu trösten. Fast schien es, als wäre sein Weiterleben ohne sie ihre größte Sorge.

Bernard trat auf den schmalen Balkon. Einmal, in einer Sommernacht, hatten sie sich da geliebt, ohne sich um die Nachbarn zu kümmern. Wie lange das her war. Mireille und er hatten einander vertraut. Aus ihrer Liebe war unaufgeregte Zuneigung geworden. Sie stritten selten, und in ehrlichen Momenten gestand sich Bernard ein, dass er kein guter Liebender mehr war, dass er die Rolle des Ehemanns wie ein routinierter Schauspieler gab. Früher hatte sich Mireille darüber erregt, ihm Vorwürfe gemacht. Irgendwann gab sie das auf, vergrub sich in ihrem Job, übernahm ehrenamtliche Tätigkeiten und traf sich mit Freundinnen, mit denen sie mehr Zeit verbrachte als mit ihm.

Eine Ehe wie viele, keine schlechte, keine verzweifelte. Mireille blieb in seinen Gedanken gegenwärtig, Tränen hatte er nur in den ersten Wochen vergossen. Vielleicht hatte es damals, vor fünf Jahren, begonnen, dass er sich dazu zwingen musste, ein soziales Wesen zu bleiben. Er gab sich den Anschein eines verhalten trauernden Witwers, um sich die besorgten Nachbarn vom Leib zu halten, sich vor Nachfragen zu schützen. Er unterhielt sich mit ihnen auf der Treppe, ließ sich von der Concierge alle Ungeheuerlichkeiten erzählen, die sich die Menschheit und vor allem die anderen Mieter erlaubten, und war froh, Zuflucht in seiner Cave zu finden. Nun hatte sich auch das verändert.

3

Hello, hello, could you help us? Zwei Männer, um die dreißig, stürzen auf ihn zu und wedeln mit einem eingerissenen Friedhofsplan. Kurz nach neun, noch ist es ruhig. Der Ansturm setzt später ein, der Ansturm derjenigen, die von weither anreisen, um den Père-Lachaise abzugehen und ein Prominentengrab nach dem anderen abzuhaken. Zuhause würden sie nie freiwillig einen Friedhof betreten, doch ein Paris-Trip ohne Eiffelturm, Sacré-Cœur und Père-Lachaise ist undenkbar für sie.

Amerikaner, keine Frage, kurze Hosen, Sweatshirts mit *University*-Aufschrift, Sandalen, eine Nummer zu groß. Bernard lächelt ihnen aufmunternd zu, inzwischen kann er die Nationalitäten der Besucher leicht auseinanderhalten. Vielleicht sollte er bei einem Fernsehquiz als Experte auftreten.

What's your problem? Bernard kommt mit dem Englischen klar. Schon in der Cave de la Butte ließ es sich nicht vermeiden, die Sprache zu wechseln, wenn Engländer, Amerikaner oder Australier nach dem teuersten Champagner verlangten. Oder nach einem Rotwein, für sie musste es immer ein Bordeaux, am besten ein Mouton Rothschild sein. Sein Englisch holpert trotzdem vor sich hin, er gibt sich keine Mühe, seiner Aussprache den Akzent auszutreiben. Wozu auch? Er ist Franzose.

Oscar Wilde, ruft der Jüngere der beiden aus, Oscar Wilde, *you know him*?, und lässt seinen Zeigefinger auf dem Friedhofsplan kreisen. Ohne Orientierung, als hätte er einen Strickmusterbogen vor sich. Bernard tätschelt seinen Unterarm und zeigt Richtung Norden. Ganz falsch seien sie hier, nicht in der neunten Division liege Wilde, sondern in der neunundachtzigsten. Er nimmt einen Bleistift aus der Jackentasche und zeichnet mit dünnen Strichen auf, welchen Weg es einzuschlagen gilt. Was schwerfällt, so zerfetzt, löcherig und mit obskuren Flecken durchsetzt der Plan ist, den die Amerikaner wohl schon seit Jahren benutzen und den sie gleich wieder hektisch zusammenfalten. Sie bedanken sich überschwänglich und biegen mit einem *We've got to visit so many graves* in die Avenue latérale du Sud ein. Immer geradeaus, ruft Bernard ihnen hinterher, immer geradeaus.

Was es nur auf sich hat mit diesem Grab, denkt er. Eine der Attraktionen des Friedhofs, vor den Lippenstiftabdrücken der Verehrer Wildes inzwischen mit Glasscheiben geschützt, was würdelos aussieht. Eine Art Sphinx mit Flügeln, deren mächtige Genitalien vor Jahren auf rätselhafte Weise verschwanden. In einem Geheimfach, das allein der Direktor öffnen dürfe, seien sie aufbewahrt, sagen die einen; andere behaupten, dass ein schwules belgisches Paar sie abgeschlagen habe und als Briefbeschwerer verwende. Bernard kennt die Geschichte vieler Gräber, aber es kommen jeden Tag neue hinzu, und seine anfängliche Furcht, irgendwann alle zu kennen, ist verflogen. Auf diesem Friedhof steht nichts still, alles wächst und verändert sich jeden Tag. Der Stoff wird ihm nie ausgehen.

Bernard freut sich an der morgendlichen Ruhe. Kurz nach acht betritt er den Friedhof, mal über diesen, mal über jenen Eingang. Das pompöse Hauptportal am Boulevard de Ménilmontant meidet er. Entweder nimmt er die Porte des Amandiers an der Metrostation Père-Lachaise, oder er wählt die Porte du Repos, nur wenige Schritte von dem Haus entfernt, wo er seit gut drei Jahren lebt.

Er kommt als Untermieter seiner Schwester zurecht. Das große Zimmer, die wenigen Dinge, die er aus seinem früheren Leben mitgenommen hat, genügen ihm. Catherine reist umher, bleibt tagelang bei ihrem aktuellen Freund, der ein sündhaft teures Loft am Parc Monceau bewohnt. Ich lasse nichts aus, mein eigenwilliger Bruder, wozu lebt man, und gut, dass du dich um die Katze kümmerst. Dass ihre Wohnung in der Rue du Repos liegt, mit Blick auf die Friedhofsmauern, hat ihm von Anfang an gut gefallen. Dann hab ich es nicht weit, Catherine.

Außer ihr kennt er bis heute kaum jemanden hier, die Gemüsehändlerin, den Patron in dem portugiesischen Restaurant am Boulevard de Charonne, mit dem er, wenn er Hühnchen oder Thunfisch bestellt, ein paar

Worte wechselt, nie Persönliches. Manchmal sehnt er sich zurück in sein Stammlokal am Montmartre, das Sagittaire in der Rue Lamarck, wo er fast jeden Freitag aß, mit Mireille und später ohne Mireille. Touristen kehren da selten ein, sie verlassen die Metrostation und biegen nach rechts ab. Links, wo das Sagittaire liegt, gibt es nichts zu entdecken und zu fotografieren.

Benoît, der immer in Schwarz gekleidete Wirt, begrüßte ihn mit Handschlag, irgendwann waren sie sogar zu Geschäftspartnern geworden, und Bernard belieferte ihn mit soliden Weinen, einem Sauvignon aus dem Loiretal oder einem Côtes du Rhône Villages, der teurer schmeckte, als sein Einkaufspreis vermuten ließ. Einmal im Monat trafen sie sich bei ihm zum Abendessen in größerer Runde, darunter ein Freund, der wie er ohne Abschluss Önologie in Colmar studiert hatte und seitdem einen Cateringservice betrieb. Das lag lange zurück, wie alles.

Sobald die Friedhofstore aufgeschoben werden, steht Bernard oft schon bereit. Argwöhnisch hat man ihn anfangs gemustert, diesen lässig gekleideten Mann, über dessen Schulter ein leichter Rucksack hängt, ein Mann, der tagein, tagaus seiner Wege geht. Wenn er nicht gleich über Nacht bleibt, was die Wärter inzwischen wissen und, obwohl die Friedhofsordnung das nicht erlaubt, nicht kommentieren. Sie müssten ihn zur Rechenschaft ziehen, auf das Verbotene seines Tuns hinweisen. Jean-Luc und Alain haben ihn als Erste angesprochen, um sich davon zu überzeugen, dass sie es nicht mit einem Querulanten, einem Herumtreiber zu tun hatten. Mittlerweile kennen ihn alle, selbst der junge Direktor, der sich als Monsieur le Conservateur ansprechen lässt, nickt ihm freundlich zu. Als sei er sein Angestellter.

Bernard dreht wie immer seine erste Runde, eine große, gut zwei Stunden dauernde Runde entlang der Friedhofsmauern und malt sich die Biographien der Toten aus. Wie viele Selbstmörder hier wohl liegen ... Er denkt an den Wärter, der sich – wie Alain in variierenden Ausschmückungen erzählt – auf dem Père-Lachaise umgebracht haben soll. Mit einer Pistole, einer Browning, vor über einem halben Jahrhundert. Georges Thomas, ein Mann von fünfzig Jahren, habe, ohne ein Wort zu verlieren, seinen Posten beiläufig verlassen und sich in einer der Kapellen, deren bemalte Glasfenster dabei zersplitterten, das Leben genommen. Ein Schuss in die Schläfe. Er sei zu Boden gestürzt und mit blutendem Kopf gegen einen Steinsockel geprallt. Aufsehen hatte die Tat erregt, persönliche Probleme hätten ihn dazu getrieben, mutmaßte man seinerzeit. Persönliche Probleme ... eine merkwürdige, nichtssagende Formel. Sich auf einem Friedhof zu töten, das kommt Bernard unpassend vor, anmaßend beinahe gegenüber denjenigen, deren Gebeine unter der Erde nach Ruhe suchen.

Bernard geht weiter, nach wenigen Minuten hören seine Gedanken zu kreisen auf. Er liebt die Stille auf seinen Gängen zwischen den mittags oft belebten Avenuen und den kleinen, fast uneinsehbaren Pfaden, der Lärm, der außerhalb der Mauern herrscht, existiert nicht mehr, als hätte er nie existiert. Er ist bei sich, biegt ohne Ziel in eine x-beliebige Division ein, seine Nachmittagsroute stets verändernd. Er hebt ein Schokoladenpapier auf, lässt sich von einer Katze anstarren und zückt sein Notizbuch, das fünfte, das er in den Jahren mit seiner feinen, winzigen Schrift gefüllt hat.

Langweilig ist ihm nie. Er führt Selbstgespräche, erzählt sich leise, was er sieht. Da sind die Vergessenen, deren Gräber niemand mehr besucht oder mit einem Strauß Blumen bedenkt. Verblichen die Inschriften, die Lebensdaten schwer lesbar. Und wenn die Konzession erlischt, werden die Gräber aufgelassen, schlägt der Tod endgültig zu.

Ja, er weiß, wo Colette, Molière, Chopin oder Proust liegen. Weiß über sie Bescheid. Schließlich steht er als Auskunftsperson zur Verfügung. Mit seinen Halbschuhen, seiner Kordhose und der ärmellosen, wattierten Weste wirkt er so, als würde er zum Père-Lachaise gehören. Bewusst angestrebt hat er das nie, er bevorzugt praktische Bekleidung.

Als junger Mann schon hat er in fremden Städten Friedhöfe besucht, während sich seine Freunde aufmachten, angesagte Geschäfte oder Kneipen abzuklappern, und sich wohl über ihn lustig machten. Von der Rue des Saules waren es nur wenige Schritte zum Saint-Vincent-Friedhof gewesen, ein übersichtliches, von Mietshäusern eingeschlossenes Areal, und auf dem Montmartre-Friedhof verbrachte er unzählige Sonntage, immer seltener mit Mireille an seiner Seite, die ihn mit einem »Sag Dalida einen schönen Gruß« entließ, ihre zunehmende Erleichterung nicht verbergend, den Nachmittag ohne ihn verbringen zu dürfen.

Der Tod macht ihm Angst, nicht ständig, schubweise kommt das Gefühl einer lähmenden Beklemmung über ihn. Mit vierzehn, fünfzehn Jahren, wenn er abends im Bett lag und Musik hörte, überfiel ihn manchmal ohne Vorankündigung der Gedanke, dass er irgendwann nicht mehr existieren würde. Was soll das heißen, fragte er sich damals, nicht mehr ich zu sein, ein ausgelöschtes Bewusstsein? Im Lauf der Jahre lernte er, auf diese Schübe von Todesangst vorbereitet zu sein, wusste, dass sein Lebensmut, sein Lebenswille wieder die Oberhand gewinnen würde.

Der Friedhof macht ihm keine Angst. Er fühlt sich lebendiger als in den Zeiten als Weinhändler, der Woche für Woche bedächtig seinen Umsatz auf die kommenden Monate hochrechnete. Wein, sagte Mireille, würden die Leute nie aufhören zu trinken. Er solle sich glücklich schätzen, keine Tabakwaren zu verkaufen. Einen kleinen Supermarkt mit Bio-Produkten zu betreiben – das Angebot bekam er einmal –, das liege ihm nicht, wo er sich so schwer damit tat, einen Pfirsich von einer Nektarine zu unterscheiden. Vielleicht war er nur bei seinem Wein gut aufgehoben.

Gegen Mittag nimmt Bernard auf einer Bank Platz. Mehr davon müsste es geben, das wird er dem Direktor bei nächster Gelegenheit sagen. Ein belegtes Brot, eine Tafel Schokolade, Wasser oder Kaffee, mehr braucht er nicht für den Tag. Man kommt mit wenig aus, denkt er. Wenn Regenwolken aufziehen, stülpt er sich einen dünnen Kunststoffponcho über, der sich auf Portemonnaiegröße zusammenfalten lässt. Mit einem Schirm über den Friedhof zu gehen, das kommt ihm unpraktisch, ja lächerlich vor.

Wer es im Leben zu Prominenz gebracht hat, wird nicht so schnell vergessen. Was es den Menschen gibt, andächtig vor der schwarzen, nicht leicht auffindbaren Marmorplatte mit der Aufschrift *Marcel Proust* zu stehen, das erschließt sich ihm nicht. Als würde der Tod die Erinnerung zementieren, als würde das Grab erst das Ende beglaubigen und auf wenigen Quadratmetern fixieren, was im Leben ein haltloses Flattern war. Ja, die täglich frequentierten Gräber, vor denen sich Schlangen fotografierwütiger Menschen bilden, kennt er fast alle. Er sieht es als seine Aufgabe an, nach dem Rechten zu sehen, Getränkeflaschen, die Édith-Piaf-Verehrer ins Gras geworfen haben, beiseitezuräumen oder geschmacklose Plastikherzchen heimlich in den Müll zu werfen. Tote verdienen Respekt.

Lieber sind ihm die Gräber, vor denen niemand innehält. Das sind die meisten. Er hat seine zweite Runde beendet, ist wieder an der Porte du Repos angelangt und geht ziellos weiter, an der Einfriedung zum Boulevard de Ménilmontant entlang, festen Schrittes. Schlendert er, flaniert er? Er weiß es nicht.

Wind kommt auf, ein Rabe trippelt über den Kies. *Marcel* KLEIN, *1908 geboren, 1978 gestorben*, steht da auf einem schwarzen Täfelchen, in Schreibschrift ein *Repose en Paix* darunter, schräg verankert in einem halben Dutzend mit Moosflecken überzogener, grauer

Steinplatten. Braunes Laub, Aststückchen und eine weiße, mumifiziert aussehende Kriechpflanze, der es gleichgültig ist, ob sie Wasser abbekommt oder nicht.

Wer war dieser Monsieur Klein? Knapp fünfzig Jahre erst ist er tot, niemand erinnert sich wohl an ihn, nicht einmal an Allerheiligen, wenn der Friedhof vor Andächtigen überquillt, bleibt einer an seinem Grab stehen und legt eines der überteuerten Blumenbouquets ab, die es in der Gegend überall zu kaufen gibt. Einen Meter von der schwarzen Plakette entfernt ein Naturstein in ähnlicher Größe mit verblasster Schrift.

Bernard beugt sich hinunter, glaubt ein *Claire Klein* entziffern zu können, geboren im selben Jahr wie Marcel, fünf Jahre vor ihm gestorben. Ein Ehepaar vermutlich, doch warum sind sie nicht auf einer Tafel vereint? Ist seine erneuert worden? Die glänzende goldene Inschrift deutet darauf hin. Und warum sieht ihr Namenszug so verblichen aus, als stammte er aus dem 19. Jahrhundert? Wäre er ein Schriftsteller, denkt Bernard, würde er sich ihr Leben zusammenreimen, ein kinderloses vermutlich, eines, das keine Spuren hinterlassen hat, die Verwandten verstreut in allen Regionen, die Nachbarn längst verstorben, wie die Kleins.

Concession à perpétuité steht auf dem Grabsteinsockel. Die Kleins haben an nichts gespart, ihren Ruheplatz nicht nur für ein paar Jahre gebucht. Für die Ewigkeit, ein Dauerbleiberecht gewissermaßen. Genützt hat es nichts. Keiner mehr, der sich aufrafft, Marcel und Claire zu besuchen. Irgendwann wird niemand mehr wissen, wer die Kleins waren.

4

Es dauerte Monate, bis er sich traute, bei den jungen Leuten vorbeizuschauen. Über mehrere Wochen hinweg hatten sie den Laden umgebaut, die Scheiben mit Papier zugeklebt und in großen Lettern die baldige Neueröffnung angekündigt. Bernard wechselte, wenn er auf die Rue Caulaincourt kam, frühzeitig die Straßenseite, um seinen Nachfolgern nicht zu begegnen, um auf keinen Fall den Eindruck zu erwecken, er wollte nach dem Rechten sehen oder sich gar einmischen. Le Vin d'aujourd'hui, so sollte der neue Laden heißen.

Er hatte sich angewöhnt, morgens länger im Bett zu bleiben. Ausschlafen – mit diesem Wort fing er nichts an. Er schlief, bis er erwachte, selten später als gegen sieben Uhr. Dann machte er sich einen Kaffee, schwarz wie immer, zog sich wieder ins Bett zurück und schaltete den Klassiksender seines Radios an, ein Hochzeitsgeschenk, das ein Onkel Mireilles ihnen gemacht hatte. Eine Last war von ihm gefallen, seitdem er sich nicht mehr um Nachbestellungen oder Steuerangelegenheiten kümmern musste.

Dass auch der Weingeschmack Moden unterlag,

hatte ihn damals erstaunt. Seit ein paar Jahren verlangten die Leute nach leichten Roséweinen – ein Wunsch, der nicht einfach zu erfüllen war, wo die zunehmende Hitze in den Anbauregionen den Alkoholgehalt in die Höhe trieb. Er selbst blieb seinen Vorlieben treu, nach dem Bier ein Glas Sancerre am frühen Abend, ein Glas kräftigen Rotwein aus dem Südwesten am späten Abend. Trinkgewohnheiten, die er seinen Kunden nahebringen wollte. Wenn er am Monatsende abrechnete und sah, dass der Riesling- oder Madiran-Umsatz ungewöhnlich hoch lag, lächelte er zufrieden. Seine Kunden schätzten ihn offensichtlich.

Die jungen Leute aus der Provence hatten ihn zur Wiedereröffnung eingeladen. Zwei Abende lang feierten sie mit Luftballons und Verkostungen. Nach kurzem Zögern und mit leichten Hemmungen hatte er am ersten Tag vorbeigeschaut und als Gastgeschenk einen Kriminalroman mitgebracht, in dem ein Winzer aus dem Languedoc in einem Weinfass elend zu Tod kam und seine halbe Verwandtschaft bald unter Tatverdacht stand. An den Haaren herbeigezogen, so las sich diese Geschichte, doch wenn man etwas von Weinbau verstand, war sie als Ablenkung geeignet.

Bernard stellte sich vor, wie aufgeregt die jungen Leute sein mussten. Zumindest wäre er es an ihrer Stelle gewesen. Würde man die Kosten für den Umbau einspielen? Ließen sich Vautrots Kunden überzeugen, dem Laden die Treue zu halten, oder würden sie, abgeschreckt von den Veränderungen, ihren Wein woanders kaufen?

Sie hatten ihn herzlich begrüßt, als wäre er ein alter Bekannter. Bernard legte sein Präsent unauffällig neben die Kasse. Die meisten Gäste hatte er noch nie gesehen, man lachte, trank, und als sie ihn als den Vorbesitzer vorstellten, schien es ihm so, als zollten die neuen Kunden ihm Respekt, als sähen sie in ihm nicht nur ein Auslaufmodell, das die Trends der Zeit verschlafen hatte.

Er nahm von der Hartwurst und den Oliven, staunte über die ausladende Käsetheke und tat so, als interessiere ihn nicht, auf welches Weinsortiment sie umgestellt hatten. Leichte Weißweine zu erstaunlich hohen Preisen füllten die Kisten auf dem Boden. An der Wand zur Linken standen auf eleganten Sockeln einzelne Flaschen unter einer handgeschriebenen Tafel: *Wein für alle Tage*, wohingegen es zur Rechten *Wein für besondere Tage* gab, für über vierzig Euro die Flasche. Nach einer halben Stunde verabschiedete er sich, umarmte die junge Frau ungeschickt. Er konnte sich nicht vorstellen, seinen Weinbedarf künftig bei ihr zu decken. Das wäre ihm aufdringlich vorgekommen.

In den ersten Wochen seines Ruhestands – ein Wort, das er mit Mühen auf sich bezog – versuchte Bernard seinen Tag zu strukturieren und eine neue Ordnung zu schaffen. Was ihm schwerfiel, jetzt, wo die Öffnungszeiten des Ladens nicht mehr für ihn galten. Nach Mireilles Tod war er froh gewesen, diese Stütze zu haben, von den quälenden Sonntagen abgesehen. Der Entschluss, den Laden zu verkaufen, war plötzlich gekommen, ohne dass er Zeit gehabt hätte, sich über das Danach Gedanken zu machen. Anders als seine Frau pflegte er wenig Kontakte, enge Freunde hatte er keine, und um sich irgendwie zu engagieren, fehlte ihm der Antrieb.

Seine Eltern lebten längst nicht mehr; Mireilles Mutter, zu der er nie eine enge Verbindung gehabt hatte, verbrachte bettlägerig ihre Tage in einer Seniorenresidenz irgendwo in der Nähe von Orléans. Bernards Kontakt zu ihr beschränkte sich auf wenige Telefonate im Jahr und den Austausch von Weihnachtskarten. Ach ja, da war noch Maxime, sein Sohn, der in der Welt herumtourte, sich alle paar Wochen bei ihm meldete, stets mit dem so gut wie nie eingelösten Versprechen, alsbald in der Rue des Saules vorbeizuschauen. Bernard bedauerte das, wusste aber zugleich, dass er selbst Schuld an dieser Funkstille hatte. Er wollte nicht aufdringlich erscheinen und hatte deshalb seine Versuche, Maxime zu erreichen, irgendwann aufgegeben.

Frauen hatte es nach Mireilles Tod in seinem Leben keine gegeben, abgesehen von der Steuerberaterin, einer Frau von Mitte vierzig, die er zweimal im Jahr aufsuchte, um seine Angelegenheiten zu regeln. Bei einem dieser Termine war sie plötzlich in Tränen ausgebrochen. Ihr Freund habe sie verlassen, nach über zehn Jahren. Sie hatte sich Bernard an den Hals geworfen, ihre Wärme fühlte sich gut an, und zwei Stunden später schliefen sie miteinander. Bernard wusste, dass er gewissermaßen als Ersatz diente, doch während sie sich liebten, selbstverständlicher, als er es für möglich gehalten hätte, spürte Bernard, was ihm gefehlt hatte.

Zu einer Beziehung, die diesen Namen verdient hätte,

war es zwischen ihnen nie gekommen. Sie riefen sich an, wenn der Abend oder das nahende Wochenende düstere Schatten vorauswarfen. Dann trafen sie sich, tranken ein Glas zusammen und gingen ins Bett. Eine ganze Nacht verbrachten sie nie miteinander. Er kam zu ihr, und zum Glück bestand sie nie darauf, ihn in seiner Wohnung aufzusuchen. Nach einem Dreivierteljahr wurden ihre Telefonate spärlicher, ohne dass es einen offensichtlichen Grund dafür gegeben hätte. Irgendwann trafen sie sich nicht mehr. Um seine Steuererklärungen kümmerte sie sich weiter, Verlegenheit kam zwischen ihnen nicht auf.

Zweimal die Woche ging er am frühen Nachmittag Richtung Porte de la Chapelle, um zwei, drei Stunden in der Bibliothek zu verbringen. Er hatte einen Ausweis beantragt, eigentlich nicht um Bücher auszuleihen, sondern um sich in eine Ecke zurückzuziehen, mit der erstaunlich vielfältigen Auswahl an Tages- und Wochenzeitungen. Der Lesesaal war nicht weitläufig, bot jedoch genügend Platz, um Abstand zu halten. Fast ausschließlich Männer, älter als er, nutzten das Angebot.

Bernard las die Zeitungen, darunter sogar englische und deutsche. Er überblätterte die Wirtschafts- und Kulturseiten, freute sich, wenn er im Sportteil positive Nachrichten über den Lieblingsverein seiner Jugend, den AS Saint-Étienne, fand. Dessen Glanzzeit lag lange zurück. Bernard bemühte sich, aus diesem Umstand keine allgemeinen Folgerungen abzuleiten, obwohl es ihm so vorkam, als sei die Welt früher überschaubarer gewesen, weniger bedrohlich.

Seine Aufmerksamkeit galt vor allem den Meldungen aus dem Ausland. Was in Frankreich geschah, das glaubte er zu überblicken. Mireille hatte sich nicht sonderlich für Politik interessiert, für die »große« Politik, wie es hieß. Wenn es im Arrondissement Schwierigkeiten gab oder die Verwaltung nicht funktionierte, ereiferte sie sich, sprach bei den Verantwortlichen vor oder unterschrieb Petitionen. Das schien ihr sinnvoller, als gegen den Unfrieden der Welt zu agieren. Bernard wollte sich damit nicht begnügen. An seinem Fensterplatz in der Bibliothek erinnerte er sich an seine Jugend, als er von der Revolution geträumt hatte, von irgendeiner Revolution.

5

Seit dem frühen Morgen regnet es, dazu diese unberechenbaren Windstöße, die einen überraschen, wenn man den Schutz einer Grabkapelle verlässt und unvermittelt auf einem der breiten Hauptwege steht. Bernard kümmert sich nicht um Wettervorhersagen, er verbringt jeden Tag auf dem Friedhof, neuerdings sogar manche Nacht.

An den grau verhangenen Regentagen im November oder Dezember finden sich weniger Besucher ein. Wer will schon mit aufgespanntem Schirm die einschlägigen Gräber abklappern und Fotos in tristen Farbtönen machen? Bernard hat eine Weile gebraucht, um zu begreifen, dass der Friedhof kein Freiluftmuseum ist, wo allein die Toten das Sagen haben. Er sei nicht nur ein Ort für die Berühmten und Reichen, er sei für alle Menschen da, für jede Pariserin, für jeden Pariser, das hat der neue Direktor vor Kurzem in einem Interview wortreich erklärt, als müsste er sich rechtfertigen. Dennoch gebe es lange Wartelisten für diejenigen, die unbedingt auf dem Père-Lachaise begraben werden wollten. Selbst im Tod geht es darum, sich hervorzutun. Als würde man anders ruhen, wenn man die Pariser Hautevolee an seiner Seite weiß.

Bernard tut sich schwer damit, wenn der Tod konkret wurde, wenn Leichenwagen über die Avenuen fahren und sich vor dem Krematorium Trauergemeinden versammeln. Beerdigungen, wie sie überall stattfinden. Mit einem Mal kehrt eine eigentümliche Normalität ein, ist der Friedhof keine entrückte Insel mehr, die mit dem, was man das reale Leben nannte, nichts zu tun hat. Verwandte, die sich stützen, ein leises, rumorendes Plaudern, unter das sich kein Lachen mischt, allenfalls unterdrückte Tränenausbrüche.

Er meidet es, den Gesellschaften zu nahe zu kommen. Dafür ist er nicht zuständig, seine Klientel ist die Vergangenheit. Allenfalls beobachtet er aus den Augenwinkeln, wie sich die Trauernden verhalten, wie sie vorgeschriebenen Bewegungsabläufen zu folgen scheinen, verlangsamt, als dürfte zu solchen Anlässen keine Betriebsamkeit aufkommen. Bernard sieht alles aus der Distanz, während er Papiere aufliest und umgestürzte Vasen aufrichtet. Vielleicht, denkt er, kommt es wieder zu einem unvorhergesehenen Ereignis, zu einem Eklat, wie vor ein paar Wochen, als zwei Frauen aufeinander losgingen, zwei Frauen, die offenbar beide Anspruch auf den Toten erhoben. Hätte es da geregnet, wären sicherlich Schirme und Handtaschen zum Einsatz gekommen.

Am Krematorium kommt Unruhe auf. Da ist sie wieder, die ältere Frau mit dem grünen Mantel, die ihr rotes Haar unter einer Basecap zu verbergen versucht. Er begegnet ihr fast jeden Tag. Manchmal spricht sie ihn an, ohne ihm in die Augen zu sehen. Beim ersten Mal ist Bernard erschrocken, als sie ihn am Ärmel packte und nach dem Grab ihres Mannes fragte. Wo ist mein Claude? Alle Sektionen habe sie abgesucht, sie werde sich beschweren, beim Bürgermeister, beim Staatspräsidenten persönlich. Eine Gemeinheit sei es, das Grab ihres Mannes, ein Grab mit einer teuren grauen Marmortafel, einfach verschwinden zu lassen. Gestern noch habe sie es wiedergefunden, neben dem des Sängers Delpech. Sie stimmte ein Lied an, das von einem geschiedenen Ehepaar handelte, krächzte mehr, als dass sie sang. Heute sei es verschwunden, vermutlich vernichtet worden.

Inzwischen hat sich Bernard an die Frau gewöhnt, an die Rotgrüne, wie Jean-Luc und Alain sie teilnahmslos nennen. Von ihrer Sorte gebe es einige. Er sieht, wie die Trauergesellschaft sie vertreibt, empörte Stimmen sind zu hören, vermutlich hat sie nach dem Grab ihres Mannes gefragt, das wie vom Erdboden verschluckt sei.

Wenn sie bei halbwegs klarem Verstand ist, überredet Bernard sie, sich zu ihm setzen. Ich helfe Ihnen, Madame, keine Sorge. Erzählen Sie von ihrem Gatten, ich habe Zeit. Meistens beruhigt sie sich schnell und breitet langatmige Geschichten über ihren Claude aus. Lange Jahre habe er die Jugendherberge in Nizza geleitet, keine bedeutende Tätigkeit, doch eine einträgliche. Hunderte von jungen Leuten hätten Tag für Tag nach Unterkunft verlangt und seien zufrieden gewesen, wenn sie notfalls unter dem kaum geschützten Dach der

Jugendherberge auf einer wackligen Liege die Nacht verbringen durften. Leicht verdientes Geld, leicht verdientes Geld … An dieser Stelle hält sie jedes Mal inne, Jahre scheint die Zeit in Nizza zurückzuliegen.

Und wie lange haben Sie da mit Ihrem Mann gelebt? Wann sind Sie nach Paris gekommen? Nie antwortet sie auf seine Fragen. Claude und die Jugendherberge in Nizza, mehr hat sie nicht zu erzählen, das aber in ständig neuen Ausschmückungen. Wenn sie ins Stocken gerät, aufschluchzt und abrupt aufsteht – Ich muss sein Grab finden. Er hatte keine Feinde in Nizza, aber hier in Paris … –, begleitet Bernard sie. Madame, ich gehe ein Stück mit Ihnen, vier Augen sehen mehr als zwei. Er führt sie unauffällig zu seinen Lieblingsgräbern, erzählt ihr ausführlich, was es mit diesem oder jenem Toten auf sich hat.

Schauen Sie sich dieses Grab an, eine Kuriosität. Ein belgischer Schriftsteller liegt dort, Georges Rodenbach, Sie werden ihn nicht kennen, mir hat der Name anfangs auch nichts gesagt. Es beruhigt, wenn man weiß, was die Gräber einem sagen, umso verstörender, wenn sie das nicht tun. Kein Toter gleicht dem anderen. Was halten Sie von diesem Rodenbach? Ein halb geöffneter Sarkophag, ein Kopf ist zu sehen, ein Arm, der sich gegen den Grabdeckel stemmt oder …

Was glauben Sie, Madame? Ich kann mich partout nicht entscheiden. Will der Tote den Deckel hochstemmen oder nach unten ziehen? Das ist die Frage! Ich umkreise das Grab fast jeden Tag, wechsele die Perspektive, aber sicher bin ich mir trotzdem nicht …

Die Rotgrüne lässt sich widerwillig von Bernards Erklärungen ablenken, wirft sogar einen Blick auf diesen Rodenbach. Bis sie sich losreißt. Nein, das ist nicht Claudes Grab, das hat keine Ähnlichkeit. Lassen Sie mich in Ruhe! Bernard sieht ihr nach, weiß, dass sie beide in ein paar Tagen vor einem anderen Grab stehen werden.

Es muss gestürmt haben. In seinem Bett, in das er jeden Abend wie erschlagen fällt, hat er davon nichts mitbekommen. Rue du Repos, Straße der Ruhe, der Name ist Programm. Dicke Äste liegen kreuz und quer auf den Wegen, verwehte Plastiktüten, eingedellte Getränkedosen. Zweimal hat es Bernard bisher erlebt, dass der Friedhof wegen orkanartiger Stürme geschlossen wurde. Verriegelte Eingangspforten, Warnhinweise. Dann zog Bernard hilflos davon, vergrub sich in seinem Zimmer und ordnete seine Aufzeichnungen, diese in seiner zierlichen, gut lesbaren Handschrift festgehaltenen Notizen.

Nichts über Gefühle, nur das, was er sich angelesen hat, historische Bezüge, architektonische Begriffe, in seine Worte gefasst, und was ihm Tag für Tag zugetragen wird. Gäbe es nicht schon so viele Bücher über den Père-Lachaise, würde er womöglich eins in Angriff nehmen … obwohl er in seinem Leben außer zwei Dutzend Briefen nie etwas zu Papier gebracht hat. Vor allem Liebesbotschaften an Mireille, die er nach ihrem Tod im Wäscheschrank gefunden hat. Er ahnte, was er ihr damals geschrieben hatte; wiederlesen wollte er es nicht. Er verbrannte die Briefe später. Von Weinhändlern verlangt niemand schriftstellerische Virtuosität: nüchterne Bestellungen, ab und an eine briefliche Reklamation. E-Mails zählen nicht. Für seine Kunden Werbeblätter mit Sonderangeboten zu verfassen, dazu konnte er sich nie durchringen, das wäre ihm aufdringlich vorgekommen. Seine Nachfolger haben gleich damit begonnen, einen wöchentlichen Newsletter in die Welt zu schicken. Anfangs las er ihn, dann bestellte er ihn ab.

Bernard versucht die Grabstätten nicht ästhetisch oder moralisch zu beurteilen. Was ihm oft nicht gelingt. Es erstaunt oder ärgert ihn, welche Geschmacklosigkeiten den Hinterbliebenen in den Sinn kommen. Vielleicht folgen sie ja nur dem, was die Toten testamentarisch verfügt haben. Grabsteine, die vor allem die Ehrungen und Orden der Verstorbenen auflisten, als ließe sich damit im Jenseits Eindruck machen. Täfelchen, die die Berufe symbolisieren, Anker, Seemannsknoten, Maurerkellen oder Notenschlüsselskulpturen, in denen sich bei jedem Sturm Äste verfangen und deren Emaille abblättert.

Oder der Sarkophag der Maillys, ein Familiengrab wie tausend andere. Ein erhabenes Steinkreuz, vier eingravierte Namen. Der Letzte der Maillys, Jacques, verstarb 2016. Niemand nähme davon Notiz, wenn nicht ein lebensgroßer Hund auf dem Stein festgeschraubt wäre. Ein weiß lackiertes Etwas, ein Pudel vielleicht, mit einem unangenehm feuerrot leuchtenden Maul. Bernard beherrscht sich jedes Mal, wenn er bei den Maillys vorbeischaut, er möchte das Tier schütteln, hofft darauf, dass ein kräftiger Windstoß es aus seiner

Verankerung reißt, und weiß doch, dass die Maillys oder wer immer für diese Hässlichkeit verantwortlich ist, für solche Störmanöver der Natur mit fetten Schrauben vorgesorgt haben.

Immer wieder bleiben Besucher stehen und fotografieren beglückt den Hund mit seinem treudoofen Gesichtsausdruck. War er der letzte Begleiter Jacques Maillys, der fast hundert Jahre alt geworden ist? Auf Colettes Grab gibt es auch einen Hund, einen Mops, wenn er sich nicht täuscht, der allerdings nicht so scheußlich aussieht wie das Pudelding der Maillys. Bernard hat nie daran gedacht, sich ein Haustier zuzulegen. Hunde gibt es in Paris genug, Trostspender für die Enttäuschten und Einsamen. Mit Catherines Katze hat er sich inzwischen erstaunlicherweise angefreundet.

Bernard zieht weiter, grüßt eine Frau, die das Grab ihres Mannes bewässert und Unkraut zupft. Dass die Verwaltung inzwischen das Unkraut duldet, keine Pestizide mehr einsetzt und sich zwischen den Reihen eine wilde Flora ausbreitet, scheint sie nicht zu interessieren. Unkraut bleibt wohl Unkraut für sie. Sie kommt jedes Wochenende, und da sie ein, zwei Stunden bleibt und so tut, als gäbe es andauernd etwas zu richten oder in Ordnung zu bringen, verpasst Bernard sie selten. Über zwanzigtausend Schritte, sagt sein Smartphone, legt er jeden Tag zurück, bestens für seine Gesundheit. Irgendwann wird er dafür eine Auszeichnung oder Prämie erhalten, vielleicht gar im Fernsehen als Pariser Kuriosität auftreten dürfen.

6

Nach einigen Wochen begrüßte ihn die Bibliothekarin mit einem dezenten Kopfnicken, sie hatte ihn als Stammgast akzeptiert. Ein respektabler Mann in den besten Jahren, wie man neuerdings sogar sagte, wenn einer bald die sechzig überschritt. Bernard trug sein Haar inzwischen länger, und seinen mit Grautönen durchsetzten Dreitagebart, den er sich als aktiver Weinhändler nie zugelegt hätte, zeigte er mit dem Stolz eines Mannes, der keine Rücksichten mehr nehmen will.

Er vertiefte sich in die Zeitungen, machte sich Notizen und lieh sich aktuelle politische Sachbücher aus – zur Freude der Bibliothekarin, die offenkundig eher daran gewöhnt war, leichte Unterhaltungs- und Kriminalromane unter die Leute zu bringen. Zeit zu lesen hatte er genug, doch sooft er früher davon geträumt hatte, die Abendstunden mit einem Buch in seinem abgewetzten Ledersessel, einem Erbstück seines Vaters, zuzubringen, so oft fehlte es ihm nun an Geduld.

Seine Gedanken irrlichterten umher, es machte ihm Mühe, sich zu konzentrieren. Er stand auf, ging von einem Zimmer zum anderen, ohne ein Ziel vor Augen.

Seine Freunde, die wenigen, die er regelmäßig sah, beschworen ihn, sich neuen Aufgaben zu stellen, Reisen zu unternehmen, sich auf einem Datingportal anzumelden. Männer in seinem Alter, die auf finanziell solidem Boden standen, seien gefragt.

Bernard hörte zu und packte nichts von dem an, was ihm empfohlen wurde. Mit Überdruss oder Resignation hatte das nichts zu tun. Das Leben selbst hatte sich unmerklich von ihm abgewandt. Kam ihm sein Rückzug wie die Suche nach einem Schutzraum in einer Welt vor, die Tag für Tag Niederschmetterndes offenbarte? Er hielt nichts von Untergangsbeschwörungen, die manchen so leicht über die Lippen gingen, nichts jedoch weckte in ihm die Hoffnung, alles könnte sich zum Besseren wenden.

Wann hatte das angefangen? 2001 vielleicht, als Maxime während seines Studiums zwei Wochen in New York City verbrachte, genau über jene Septembertage, als die Twin Towers in sich zusammenfielen, ein Terroranschlag ungeheuren Ausmaßes, der Rachefeldzug auf Rachefeldzug nach sich zog. Maxime war nicht in Gefahr gewesen, sein Hotel in der vierundfünfzigsten Straße lag so weit entfernt, dass er von den Flugzeugangriffen nichts mitbekam und sich vor dem Hotelfernseher informierte. Eineinhalb Wochen später gelang es ihm erst, ein Ticket für den Rückflug nach Paris zu ergattern. Bernard hatte sich Maximes Erzählungen angehört, mehr verwundert als empört. Seit diesem September 2001 erwartete er nichts mehr. Das Schlimmste zu verhindern, darum ging es auf dieser

Erde, nicht um mehr. Mit Mireille zusammenzuleben, Wein zu verkaufen, das fühlte sich mit einem Mal nicht mehr richtig an. Doch er wusste nichts Besseres.

Am späten Nachmittag verließ er seinen Leseplatz, ignorierte die fragenden Blicke der Bibliothekarin, die sich wohl gerne mit ihm unterhalten hätte. *Solange Jeanrond* stand auf ihrem Namensschild. Er zögerte das Nachhausegehen hinaus, gewöhnte sich an, kreuz und quer durch das Viertel zu gehen, wahllos in Seitenstraßen abzubiegen und sich darüber zu wundern, was er und Mireille nie zu Gesicht bekommen hatten. Wie wenig er von Paris kannte.

Er ging die Rue Marcadet hinunter, passierte die Metrostation Guy Môquet und strebte zum Square des Épinettes. Kein Park, der auf den Checklisten der Touristen stand, eine schlichte Anlage mit Spielplatz und vereinzelten, weit auseinanderstehenden Bänken zwischen hohen Bäumen. Liebespaare hielten sie besetzt – und dazwischen er, ein Mann, der ein Fruchtbonbon lutschte, ein Mann, dem man, obwohl er hoffte, eine jugendliche Ausstrahlung zu besitzen, ohne Weiteres Enkel zugetraut hätte. Kaum einmal setzte sich ein anderer Parkgänger zu ihm. Wenn es mich nicht gäbe, dachte er, wem würde das auffallen?

Einmal die Woche traf er sich mit Christophe, seinem vielleicht besten Freund. Er arbeitete als Anwalt in einer Kanzlei, die vor allem heikle Fälle übernahm, Fälle, die weder Geld noch Renommee einbrachten. Keine Sorge, Bernard, das mache ich wieder wett, wenn ich ab und zu reichen Fabrikantenwitwen diene, die sich mit ihren Nachbarn bis aufs Blut streiten. Die zücken ihre Scheckbücher, ehe ich einen Handstreich gemacht habe.

Eine Zeit lang vertrat Christophe Jugendliche und ihre Eltern, Nordafrikaner allesamt, damals im Herbst 2005, als in der Banlieue die Gewalt explodierte und die Regierung mit gnadenlos harter Hand reagierte. Christophe hatte wenig Aufhebens um seine aussichtslosen Mandate gemacht und den einen oder anderen kleinen Erfolg erzielt. Es wird nichts nützen, Bernard, hatte er damals gesagt, die Krawalle werden nicht aufhören, weil es keine Gerechtigkeit gibt. Aber ich schaffe es nicht, das Unrecht zu ignorieren und mich nur um meine Edelklientel zu kümmern. Die wissen zum Glück nicht, welche Natter sie da mit ihrem Geld füttern. Bernard hatte aufmerksam zugehört und sich bestätigt gefühlt, worin auch immer.

Bernard und Christophe tranken zwei, drei Gläser zusammen. Sie umarmten sich zur Begrüßung, was Bernard normalerweise vermied. Als Kunden in der Cave de la Butte hatte er Christophe kennengelernt. Als Besserwisser, der auf Chablis bestand und nur ihm geläufige Champagnermarken akzeptierte. Erst nach und nach zeigte Bernards pädagogisches Geschick Erfolge. Er redete auf Christophe ein, ließ ihn so lange Weine kosten, bis sich Christophe einsichtig zeigte. Beschwipst diskutierten sie hitzig, und ihre Weingeschmäcker glichen sich auf wundersame Weise einander an. Bald darauf gingen sie regelmäßig essen, meistens ins Sagittaire.

Seine Rolle als Robin Hood der Anwaltschaft spielte Christophe immer seltener. Er habe die Kraft dazu verloren. Wenn sie abends auseinandergingen, machte sich Christophe auf den Weg zu seiner aktuellen Geliebten. Lange hielten diese Beziehungen nicht.

Irgendwann, lieber Bernard, sitzen wir als zwei einsame Alte in einer deiner Parkanlagen. Wenn die Frauen nichts mehr von mir wissen wollen. Du bist ja sowieso einen Schritt weiter, oder verschweigst du mir deine Liebschaften nur? Bernard versuchte sich an einem Lächeln, das zweideutig wirken sollte. Die Affäre mit seiner Steuerberaterin hatte er nie erwähnt. Ob das der Schlusspunkt seines Liebeslebens gewesen war?

Christophe hatte es eilig, sprang in ein Taxi. Zu leben wie er, das war eine Möglichkeit.

7

An einem Sammelpunkt schwingt mal wieder einer der Friedhofsführer, die Reisegruppen begleiten, das große Wort. Die meisten von ihnen betreiben ihr Geschäft professionell. Mitunter – ein Schild am Verwaltungsgebäude warnt davor – schleichen sich nicht bestallte Führer an hilflos wirkende Friedhofsgänger heran und bieten ihre Dienste zu überteuerten Tarifen an.

Bernard geht ihnen allen aus dem Weg. Sie nehmen es mit den Fakten nicht so genau, malen die Geschichten grell aus, um ihre Zuhörer zu verblüffen. Zwischen Wahrheit und Legende lässt sich nicht unterscheiden. Was es mit den Überresten Molières auf sich habe, wie groß die Wahrscheinlichkeit sei, vor seinem Grab andächtig zu verharren, in dem sich kein Knochenfitzelchen des Dichters befinde. Oder mit Gilbert Bécaud und den hässlich-bunten Spielzeugklavieren, die seine Anhänger Woche für Woche hinterlassen. Und natürlich verzichtet keiner der redseligen, auf ordentliches Trinkgeld spekulierenden Geschichtenerzähler darauf, seine Gruppe zum Grab von Jim Morrison zu führen.

An einem denkbar ungünstigen, schwer zugänglichen Platz ist es gelegen und selbst knapp fünfzig Jahre nach seinem Tod ein Wallfahrtsort geblieben, sogar für diejenigen, die sich an keinen einzigen seiner Songs erinnern.

Bei Morrison muss man gewesen sein, wo früher Partys mit Alkohol und Drogen gefeiert, wo die Nachbargräber mit Graffiti besprüht oder mit Kaugummis beklebt wurden. Jean-Luc und seine Kollegen hassen das Grab. Kontrollgänge, Streitigkeiten mit denjenigen, die einen Friedhofsbesuch mit einem Happening verwechseln. Längst hat man die Ruhestätte mit einer Absperrung verbarrikadiert. Ob man in fünfzig Jahren dorthin noch pilgern wird? Oder gehört Morrison dann zu den Vergessenen, wie die meisten, die sich zu Lebzeiten viel auf ihre Prominenz einbilden und an eine Art Unsterblichkeit glauben?

Je größer die Mausoleen und Büsten, desto größer die Hoffnung auf Nachruhm. Bis sich niemand mehr an diese Staatsmänner oder Wissenschaftler erinnert. Der unerträgliche Gedanke, keine Spuren zu hinterlassen. Erst in den letzten Jahrzehnten ist mehr Bescheidenheit auf dem Père-Lachaise eingekehrt, sind die pompösen Grabstätten selten geworden. Zumal die Zahl der Kremierungen steigt. Ein Kostenfaktor, wie alles.

Bernard kümmert das nicht. Einem verwitweten Weinhändler, der mit nichts für Aufsehen gesorgt hat, kann der Nachruhm gleichgültig sein. Es geht ihm darum, mit dem Tod vertraut zu werden, in ihm keinen schwarzen Feind zu sehen. Pietät hat in seinen Augen hier zu herrschen, doch eine, die von Gelassenheit, nicht von Furcht gezeichnet war.

Frühmorgens geht Bernard manchmal zu Morrisons Grab, räumt die Hinterlassenschaften des Vortags beiseite, eine Arbeit ohne nachhaltige Wirkung, aber er mag es, wenn jeder Friedhofstag wie ein neuer, unberührter Tag beginnt.

In den ersten Wochen und Monaten seines neuen Lebens hat er versucht die Divisionen und breiten Wege, die Steintreppen und Grünflächen in seinem Kopf zu ordnen. Er sieht sich als Dauergast, will nicht zu denen gehören, die als Wärter, Restauratoren, Verwalter oder Totengräber das Personal bilden, die »Todesberufe« ausüben, wie es heißt. Aber auch nicht zu den Rentnern, Frauen sind selten darunter, die Tag für Tag auf den Friedhof kommen, sich in Gruppen, oft vor dem Columbarium, versammeln und über alles Bescheid zu wissen meinen. Mit einigen von ihnen hat er gesprochen, über die letzten Bestattungen. Pèrelachaisiens nennt man sie. Wie andere tagtäglich zum Fußballtraining ihres Clubs gehen oder durch die Markthallen streifen, ist der Friedhof der Treffpunkt ihres Pensionistendaseins.

Sie beobachten alles, kommentieren alles und geben sich den Anschein, besser als jeder Mitarbeiter, besser als der Direktor informiert zu sein. Weißt du noch damals, als Chabrol unter die Erde kam? Oder Mano Solo, dieser Sänger, der keine fünfzig wurde und auf dessen Grabplatte sich bis heute Blumen türmen? Und ist es nicht eine Schande, dass Truffaut und France Gall auf dem Montmartre liegen und nicht bei uns? Da hat die Direktion versagt, eindeutig. So wie damals bei Dalida, obwohl die … ja, sie hat da gelebt …

Stellt euch vor, France Gall wäre eine von den Unsrigen, sieben Limousinen sollen am Montmartre vorgefahren sein, ihr Grab sehe allerdings wie ein Gewächshaus aus, und vermutlich hat man eines ihrer Lieder gesungen, als der Sarg hinuntergelassen wurde, *Poupée de cire, poupée de son* vielleicht oder *Elle, elle l'a* … Da wäre ich gern dabei gewesen, aber zur Konkurrenz gehe ich nicht, aus Prinzip, auf keinen Fall … Wo liegt eigentlich Gainsbourg?

Als Bernard sein Friedhofsleben begann, wurden die Pèrelachaisiens gleich auf ihn aufmerksam, steckten ihr Terrain ab. Wer war dieser Typ, etwa wieder so ein Durchgeknallter, einer der verkannten Poeten oder üblichen Selbstdarsteller? Was wollte der hier? Einer von ihnen marschierte schnurstracks auf ihn zu, einer im schwarzen Jackett, der sich als Anführer aufspielte und ihn aushorchte. Gaétan, so stellte er sich vor, gab ihm zu verstehen, dass man nicht einfach so zum Pèrelachaisien aufsteige. Das brauche Jahre. Es gebe derart viele Verrückte hier, die sie im Auge behalten mussten. Der Direktor und seine Leute könnten sich nicht um alles kümmern. Er versuchte, Bernard etwas zu entlocken, aber der hielt sich bedeckt. Ja, er komme jeden Tag her, wohne gleich um die Ecke. Ein schöner Ort sei das, wie ein Garten. Nein, er sei keinen von denen, die alles daransetzten, verblichene, vermooste Grabinschriften zu entziffern, und dazu Artikelchen im Internet platzierten. Es gefalle ihm hier, so einfach sei das, besser als jenseits der Friedhofsmauern.

Gaétan glaubte ihm kein Wort, doch als sich Bernard freundlich verabschiedete, hatte er keine Wahl, als diesen komischen Kerl seiner Wege gehen zu lassen. Bernard sah aus den Augenwinkeln, wie er gestikulierend zu seinen Freunden zurückeilte. So hatten die Père-lachaisiens ein neues Thema, bis irgendwo eine Engelsfigur seine marode Posaune verlor oder ein Steinkreuz zu Boden fiel.

Bernard lacht leise, als er sich an diese ersten Begegnungen erinnert. Er ist müde, sieht die Rotgrüne in der Ferne, meint ihre Claude-wo-bist-du?-Rufe zu hören. Ein Pärchen, Japaner wohl, kommt auf ihn zu. *You can make a picture?* – sie posieren Arm in Arm vor dem Grab eines Pierre Bourdieu. *A famous man. You know his books?* Bernard tut so, als würde er ihn kennen. Als die beiden glücklich weiterziehen, notiert er den Namen in seinem Notizbuch. Heute Abend wird er nachschlagen, was es mit ihm auf sich hat. Friedhöfe machen klüger, keine Frage.

Bernard liebt es, die offiziellen Wege zu verlassen, in die entlegenen Divisionen einzudringen, sich zwischen den Gräbern und den wild wuchernden Pflanzen durchzuschlängeln. Er vermeidet es, die Platten zu betreten, als würden die Toten dadurch gestört. Neulich hat er einen jungen Mann, Holländer vermutlich, verscheucht, der sich auf ein Marmorrund gesetzt und ein vor Mayonnaise triefendes Brötchen verzehrt hat. Er solle sich bitte vorstellen, dass da seine Mutter oder sein

Vater lägen. Ob das ein angenehmer Gedanke für ihn wäre. Der Holländer hat ihn erschrocken angesehen, nichts entgegnet und sich verzogen. Mit einer schroffen Handbewegung hat Bernard die Baguettekrümel weggefegt und die Mayonnaisekleckse mit einem Blatt abgewischt, ehe die ersten Vögel angeflogen kämen.

Anfangs hat er sich vor allem für die Gräber interessiert, für die sich alle interessieren. Für die, die in jedem Reiseführer stehen. Andächtig verharrte er vor Colette, Balzac oder Guillotin. Aber bald ist es ihm so vorgekommen, als würden sich diese Attraktionen abnutzen durch die Blicke der Neugierigen, die mal ehrlich, mal aufgesetzt ihre Verehrung zeigen wollen. Bernard ignoriert diese Anziehungspunkte nicht, schließlich wird er als Auskunftsgeber gebraucht. Seitdem die Verwaltung keine Lagepläne mehr ausgibt und die Besucher auf Downloads verweist, hat die Zahl der Hilflosen zugenommen.

Ich werde mich spezialisieren, hat sich Bernard gedacht. Jeder Händler müsse das heutzutage, das hatten ihm die jungen Leute gesagt, als sie seinen Laden übernahmen. Alleinstellungsmerkmale, darum gehe es und um Abgrenzung von der Konkurrenz. Sich Flaschen ins Regal stellen und abverkaufen, das könne jeder.

Er hat überlegt, was seine Berufe, diese Ablenkungen vom Leben und vom Tod, ausgemacht hat. Im Weinhandel hat er jahrzehntelang gearbeitet, eine Weile in der Gastronomie. Und wer Tag für Tag einen Béarn, einen Bourgueil oder Ventoux empfiehlt, stellt sich auf gastronomische Rückfragen ein. Monsieur, ich will meine Schwiegereltern mit einem *quasi de veau*, mit einem *lomo de cochon* oder vielleicht sogar mit einem *ris de veau* in Pilzrahm überraschen. Was bitte können Sie mir raten? Welche Weine passen am besten dazu, nicht zu teure aber, Sie verstehen? Meine Schwiegereltern sollen nicht denken, wir seien zu Reichtum gekommen.

Bernard verfügt so über Kenntnisse, was die Kochkunst angeht. Paul Bocuse und dann Alain Ducasse haben ihn begleitet, und wenn er Mireille ankündigte, am Wochenende einen *gratin dauphinois* à la Vautrot zu machen, sah sie ihn beglückt hat, als ginge ihr mit einem Mal der Sinn ihrer Ehe auf. So kennt Bernard mittlerweile die Gräber jener bekannten oder kaum noch bekannten Männer – von Frauen spricht selten jemand –, die sich auf unterschiedliche Weise in die französische Gastronomiegeschichte eingeschrieben haben. Sein neues Spezialgebiet gewissermaßen.

Er führt Buch darüber, hat die Namen alphabetisch geordnet, und wenn er auf einen Neuen stößt, einen glamourösen Restaurantbetreiber der Belle Époque zum Beispiel, einen weltweit exportierenden Likörfabrikanten oder einen genialen Koch, könnte er Freudensprünge machen und würde sein Wissen gern mit leuchtenden Augen weitergeben – wenn es jemanden gäbe, der seine Begeisterung mit ihm teilen würde. Seine Schwester rollt, wenn sie für einen Zwischenstopp in der Wohnung haltmacht, nur mit den Augen. Meine Güte, was du immer mit diesen alten Geschichten hast! Lass die Toten einfach in Ruhe, und lad mich lieber zum Essen ein, im Hier und Jetzt, als dich um diesen – wie heißt er? – Brillat-Sowieso zu kümmern, der vor hundert Jahren irgendwelches Zeugs geschrieben hat.

Brillat-Savarin, liebe Catherine, *Physiologie des Geschmacks* heißt sein Hauptwerk, eine Essens- und Lebenskunde gewissermaßen. Bernards Überzeugungsversuche verpuffen, wie immer. Wie unterschiedlich Menschen ihr Leben führen, denkt er, wenn seine Schwester ihn mal wieder als Hinterwäldler verlacht, und bewundert sie für ihren Tatendrang.

Bornibus zum Beispiel. Dieser Mann macht ihn neugierig. Durch einen Zufall ist er auf sein Grab gestoßen. Alexandre Bornibus, der König der Senfherstellung! Als man ihn 1882 beerdigte, schwelgten die Zeitungen in Hymnen auf den erfolgreichen Unternehmer, dessen Senfsorten höchstes Lob ernteten. Alexandre Dumas stellte die Bornibus-Produkte über die der Konkurrenz. Der von ihm verfeinerte Dijon-Senf verband sich selbstverständlich mit seinem Namen, und der Patron selbst war ein gewiefter Fuchs, der es verstand, lautstark die Werbetrommel für seine Erzeugnisse zu rühren. Der Firmensitz lag im neunzehnten Arrondissement, am Boulevard de la Villette. Bernard hat ein Zeitungsblatt ersteigert, für fünf Euro, eine Annonce für Alexandres extrastarken Senf: *Bon appétit, bonne digestion, toujours avec Bornibus*. Bernard duzt Alexandre natürlich.

Abends blättert Bernard andächtig in der Mappe, die er eigens für seinen Freund angelegt hat, und sucht im Internet nach neuen Informationen. Er geht zu Bornibus' Grab, das sich in der Division 66 versteckt, als würde er bei einem vertrauten Nachbarn vorbeischauen. Ein verwitterter, unauffälliger Steinsarg mit einem Kreuz und der Inschrift *Famille Alexandre Bornibus*. Darunter der Eintrag für einen Roger Bornibus, der Ende August 1914 für das Vaterland gestorben sei, als Zwanzigjähriger. Der Enkel des Senfpatriarchen vermutlich.

Alexandres Firma hat die Zeit nicht unbeschadet überstanden, wurde im 20. Jahrhundert mehrfach verkauft und übernommen. Der Markenname erlosch sogar, bis er vor ein paar Jahren von seinen Besitzern wiederbelebt wurde. Bernard verfügt seitdem über einen unerschöpflichen Vorrat an Bornibus-Senf, mit Estragon, Honig oder grünem Pfeffer versetzt. Das Etikett greift auf altmodische Schriftzüge zurück, hat gar nichts Modernes an sich. Vielleicht reicht das als Alleinstellungsmerkmal. Seine Schwester wundert sich über sein umfangreiches Senfrepertoire. Ob er seine geliebten Nieren in Senfsoße jetzt jeden Tag essen wolle. Das diene wissenschaftlichen Zwecken, beschwichtigt er sie. Da können die Herren Maille oder Fallot herstellen, was sie wollen. Er ist ein Bornibus-Mann.

Er befreit das Grab von herabgefallenen Zweigen und von Laub. Minutenlang bleibt er, die Hände hinter dem Rücken verschränkt, andächtig stehen, als hielte er Zwiesprache mit dem Toten; niemand stört ihn. Für diese hinteren Reihen der abgelegenen Division 66 bringt niemand Interesse auf. Hier gibt es nichts zu sehen.

An wen sich die Nachwelt erinnert, der ist nicht vergessen, der ist nicht tot. So steht es auf Hunderten von Gräbern. Wenn das stimmt, ist Alexandre Bornibus ein ausgesprochen lebendiger Mann. Dafür reicht ein Einzelner, Bernard Vautrot, der sich zudem glücklich schätzt, abends seine *terrine de campagne* in Bornibus-Senf zu tunken. Dass die verwendeten Senfkörner mittlerweile wohl aus Kanada kommen, hat er irgendwo gelesen. Gut, dass Alexandre das nicht erleben muss.

8

Wie verwirrend Paris war, aus wie vielen Bezirken die Stadt bestand. Bernard hatte sich angewöhnt, ein-, zweimal in der Woche mit der Metro in Arrondissements zu fahren, die ihm völlig fremd waren. Während er seinen Laden betrieben hatte, kamen er und Mireille kaum in andere Viertel. Er führte das Geschäft allein, das ganze Jahr, von den vier Wochen Augustferien abgesehen. Ab und zu half ein Student aus, der sich bei ihm einmal nach ökologisch hergestellten Weinen erkundigt hatte. Sie waren ins Gespräch gekommen, und als Bernard ihn fragte, ob er Lust habe, ihn sechs bis acht Stunden in der Woche zu vertreten, hatte er sofort zugesagt. Meistens arbeitete er am Wochenanfang; seine Stammkunden, die ab Donnerstag, Freitag kamen, wollte Bernard nicht verprellen.

Wie selten waren Mireille und er spontan aufgebrochen, ins Marais, in Parks, die er nur vom Namen her kannte. Kellermann, Bercy, Belleville ... In den Parc Monceau waren sie ab und zu gegangen, ein Spaziergang, eine Einkehr in einer Brasserie, und schon war der Sonntag verflogen. Ob Mireille deshalb zunehmend unzufrieden mit ihm gewesen war? Sie zeigte es nicht, beschäftigte sich selbst, übernahm Aufgaben, sodass er das Gefühl bekam, sie bräuchte keine gemeinsamen Aktivitäten.

Nun wollte er vieles nachholen. Und er staunte, wie fremd Paris ihm war. Der Montmartre, ein Ausnahmebiotop, ja, doch das Elend versteckte sich kaum noch, zeigte sich, wenn man genau hinsah. Die Zahl der Bettler hatte zugenommen, sie lagen, gehüllt in Plastiksäcke und fadenscheinige Decken, in den Eingängen der Banken oder unter den steilen Treppen, scheuten sich nicht mehr, in Cafés die Hand aufzuhalten und verängstigte Touristen anzusprechen. Er lebte trotzdem in einem Puppenstubenparadies und fragte sich, ob er furchtlos genug gewesen wäre, woanders zu wohnen. Versuchte nicht jeder, der Überforderung durch das Leben entgegenzuwirken, sich zu schützen? Nein, es gab Menschen, die anders, die furchtloser lebten; Bernard kannte zu wenige von ihnen.

In die Banlieues im Norden, wo alle Jahre Unruhen in den Ghettos ausbrachen, machte er sich nie auf. Was sollte er da? Sich ein Bild machen und zu Recht angepöbelt werden? Christophe hatte ihm von den Zuständen ausführlich berichtet, von einem Pulverfass gesprochen, das keine Regierung je beseitigen könnte. Irgendwann werde da alles in die Luft gehen, und dann sei ein Bürgerkrieg nicht fern. Es gebe politische Versäumnisse, die nicht gutzumachen seien. Einen wie Sarkozy, der die Schuld allein bei den Migranten suchte, die keine Zukunft hatten, verachtete Bernard.

Er wechselte die Metrostationen, mied die für ihn günstigste Station Lamarck-Caulaincourt, eine der Anlaufstellen für die Touristen, die Sacré-Cœur und die Place du Tertre abhaken wollten. Stattdessen ging er die Rue Custine hinab, vorbei an dem Platz, der nach Jean Gabin benannt war, und bog auf den Boulevard Barbès ein. Gerade mal fünfzehn Minuten Fußweg von seiner Wohnung entfernt, und mit einem Mal herrschte ein anderer Rhythmus. Keine gediegenen Geschäfte und einladenden Cafés mehr, stattdessen schrille Kosmetikstudios, vor denen die Frauen samstags Schlange standen, aneinandergereihte Handyläden und vollgestopfte Krimskramsgeschäfte, wo es Koffer, Bratpfannen und Bohrmaschinen gab.

Bernard, der weiße Mann, war da ein geduldetes Minderheitenexemplar, das sich anfangs unwohl fühlte. So was schadet dir nicht, hatte ihm Christophe gesagt, als er von seinen Abenteuerausflügen in Nachbargegenden erzählte, und ihn ausgelacht. Man begegnete ihm nicht feindselig, schien ihn jedoch aus den Augenwinkeln zu beobachten. Erst als er, aus purer Neugier heraus, lange bei den jungen schwarzen Männern verharrte, die an der Ecke der Rue Poulet undurchsichtige Geschäfte machten, bedachte man ihm mit einem Blick, der keine Worte brauchte. Früher, meinte er, waren die Dealer zurückhaltender aufgetreten.

Da wohnte er schon so lange hier, und dennoch war ihm vieles fremd geblieben. Fast schämte er sich dafür. Er war keiner von den unvermeidlichen Touristen, deren Reiseführer vor nächtlichen Aufenthalten im

Barbès-Rochechouart-Viertel warnten. Er war Pariser wie sie, das sahen sie ihm an. Wenn er weiterging, ohne sie bei ihren Transaktionen zu stören, ließen sie ihn in Ruhe. Wenn du im Elsass geblieben wärst, mein lieber Bernard, wäre dir das erspart geblieben, obwohl selbst da … Dann hättest du ein herausgeputztes Geschäft in einem Fachwerkhaus geführt und so getan, als seien Gewürztraminer und Edelzwicker das Nonplusultra der Weinkultur. Christophe lachte auf und tätschelte Bernards Arm, als ob er mit einem Provinzler spräche, dem man die Welt des 21. Jahrhunderts erklären müsste.

Bernard ging die Treppe der Rue des Saules hinauf, entlang der Saint-Vincent-Mauern. Sein Atem blieb ruhig, anders als bei denen, die die steilen Montmartre-Stiegen nicht gewohnt waren und so taten, als würden sie das Areal mit den Weinstöcken bewundern, um sich nicht anmerken zu lassen, dass der Aufstieg ihr Herz zum Rasen gebracht hatte. Ob es den Montmartre-Wein bei ihm zu kaufen gebe … wie oft hatte er diese Frage, ohne Überdruss zu zeigen, beantwortet. Nein, der sei nicht käuflich zu erwerben, vermutlich erhielten ihn nur Staatsgäste oder Bürgermeister aus Partnerstädten, die zu Besuch kamen. Im Übrigen denke er, dass der Pariser Wein nicht zu den Spitzengewächsen zähle, da könne er Besseres empfehlen.

Die Kunden reagierten überrascht, manche unwillig, weil sie gerne ihren Freunden einen Vin de la Butte geschenkt und dafür jeden Betrag auf den Tisch gelegt hätten. Bald, hatte einer der Enttäuschten angemerkt, werde sich das ändern. Wenn der Klimawandel Paris erreiche und die Sonne den Trauben einheize. Dann werde der Montmartre-Tropfen mithalten können. Sogar in Norwegen baue man mittlerweile Wein an.

Bernard fühlte sich körperlich gut, was ihm sein Arzt bei der alljährlichen Routineuntersuchung bestätigte. Erstaunlich, merkte dieser jedes Mal an, wo er doch keinen Sport treibe, nein, nein, das Boulespielen alle paar Sonntage zähle nicht, regelmäßig Alkohol konsumiere und Schonkost höchstens aus der Ferne betrachte. Bernard sah schuldbewusst zu Boden, murmelte etwas von einem Fahrrad, das er sich zulegen wolle. Was sein Arzt mit Hohn quittierte. Eine blendende Idee, um dem Leben ein vorzeitiges Ende zu bereiten! Radfahren in Paris! Da bleibe er besser bei seinem Rotwein und *steak frites*, gekrönt von fettem Käse und einer *tarte tatin*. Dass man sich in Paris gefahrlos mit dem Fahrrad bewegen könne, das würden sie beide nicht mehr erleben.

Für einen Mann von sechzig Jahren, dachte Bernard, habe ich mich gut gehalten. Ab einem gewissen Alter sei jeder für sein Gesicht selbst verantwortlich. Wo hatte er das gelesen? Der Bart stand ihm, gab ihm jene Andeutung von Verwegenheit, die ihn nicht lächerlich erscheinen ließ. Ein paar Kilo zu viel, zugegeben, doch die hinderten ihn nicht daran, die Treppen mit Anstand zu meistern.

Frühmorgens ließ es sich auf der Butte aushalten, frühmorgens, wenn die Touristen bei Croissant und Kaffee in ihren Hotels saßen. Er bog in die Rue Norvins ein, dann in die Rue Ravignan hinunter bis zum Relais de la Butte. Er mochte dieses Café, obwohl es alles andere als ein Geheimtipp war und ab dem späteren Vormittag von Engländern, Italienern und Deutschen okkupiert wurde. Doch gegen neun, wenn die Tischchen auf dem leicht abschüssigen Pflaster noch im Schatten lagen und die Kellner sich offensichtlich langweilten, mochte Bernard diesen Ort wie kaum einen zweiten.

Der Ausblick durch die Häuserfronten von Abbesses weitete sein Herz im wörtlichen Sinn. Er spürte, wie sich sein Oberkörper entkrampfte, wie jede Beklemmung von ihm wich. Da lag Paris, weitgespannt, verästelt und verwinkelt. Aus der Distanz hatte das Panorama etwas Friedliches und Klares. Er wusste um die Täuschung, und er wusste, warum er diesen morgendlichen Blick seit einiger Zeit so unbedingt brauchte. Er kämpfte immer mehr damit, sich auf das Alltagsleben einzulassen. Obwohl er sich jedem Tag aufs Neue stellte, um mit offenen Augen neue Ecken zu erkunden, fehlte ihm der Elan, der nötig war, um sich auf das Alltagsleben, auf die Menschen einzulassen, um mitzutun. Die Welt machte ihm Angst, eine unspezifische Angst.

Früher hatte er mild gelächelt, wenn ältere Kunden sich bei ihm über die schreckliche Gegenwart, die schreckliche Jugend beklagten und sich nach einem Frankreich zurücksehnten, das noch das gute, alte Frankreich gewesen war. Wer in die Jahre kam, neigte dazu, die Verfallserscheinungen, die man an sich selbst wahrnahm, auf die Außenwelt zu übertragen. Der eigene Niedergang schien auf merkwürdige Weise mit dem Niedergang der Gesellschaft, der Welt und des Kosmos zu korrespondieren.

Bernard mochte dieses Denken nicht, obwohl er seinen jammernden oder schimpfenden Weltuntergangskunden freundlich zugenickt und ihnen schwere Rotweine, mindestens vierzehn Prozent, als Heilmittel empfohlen hatte. Bernard wollte nicht aus seiner eigenen Erschöpfung auf die Erschöpfung der Welt schließen. Aber er nahm sich das Recht heraus, seine Müdigkeit und sein Unverständnis über das, was um ihn herum geschah, zuzugeben. Vor sich selbst und manchmal auch vor anderen, die nicht zu begreifen schienen, was ihn umtrieb. Bis auf Christophe vielleicht, der ihm offenherzig entgegnete: Zum Glück habe ich meine Arbeit. Ohne die wäre ich aufgeschmissen. Was er in den Zeitungen in der Stadtteilbibliothek oder im Internet las, quälte ihn, nein, einfacher gesagt: Es war ihm zu viel.

Noch ein Kaffee, Monsieur? Der Kellner sah ihn auffordernd an. Von Gästen, die stundenlang bei einer Tasse vor sich hin sinnierten, konnte der Laden nicht leben. Bernard war immer noch Geschäftsmann genug, um diese Haltung zu verstehen, und orderte einen zweiten Kaffee und ein Sandwich *au jambon*. Wie so oft war er ohne Frühstück aus dem Haus gegangen, eine Mahlzeit, die überschätzt wurde. Am liebsten hätte er diesen Caféplatz nie aufgegeben. So ließ es sich aushalten.

Lange würde ihm der Kellner allerdings nicht bei seinem nutzlosen, konsumschwachen Treiben zusehen. Ein Pariser offensichtlich, der auf Paris blickte, als sähe er die Stadt zum ersten Mal, wie die Rucksacktouristen, die sich als Erstes auf den Stufen von Sacré-Cœur niederließen. Ein Pariser, der herumsaß und einen Zweiertisch blockierte, unglaublich. Bernard las seine empörten Gedanken, wusste, dass er, selbst wenn er sein Sandwich betont langsam aß, nicht über eine ewige Aufenthaltsgenehmigung verfügte. Der Kellner würde nicht lange zögern, ihn mit den passenden Worten hinauszukomplimentieren.

Sein Handy läutete, ein Klingelton, den er selbst installiert hatte, ein Popsong aus seiner Jugend, den er immer noch mochte. »Angel of the Morning« … Wenn sich das Telefon so meldete, erschrak er peinlich berührt mehr als die Menschen in seiner Umgebung. Besser als ein krähender Hahn oder Sirenentöne, dachte er und nahm das Gespräch rasch an. Viele Telefonate führte er nicht. Wer sollte ihn anrufen, wen sollte er anrufen? Hallo, sagte er verhalten, ein Glück, dass die Nachbartische nicht besetzt waren. Hallo? Maxime, bist du es? Ja, ich kann sprechen, sitze in einem Café, auf der Terrasse, ja, hab viel zu tun und wollte mich ein wenig ausruhen.

Bernard hörte seinem Sohn zu, die Verbindung war schlecht. Er begleite übernächste Woche eine Reisegruppe durchs Baskenland, so eine mit intellektuellem Anspruch. Ob er nicht Lust habe, am Wochenende davor nach San Sebastián zu kommen, ein Vater-Sohn-Treffen. Das hätten sie lange nicht mehr gemacht, und ehe sie Schwierigkeiten bekämen, sich auf der Straße wiederzuerkennen, wäre es vielleicht schön, die Erinnerung aufzufrischen. Ihn interessiere, was er als Pensionist so treibe, ob er Weinseminare anbiete oder so.

Bernard lauschte ungläubig. Ein Vater-Sohn-Treffen, nur sie beide, das hatte es noch nie gegeben. Sein Sohn, der sich so selten meldete, sein Sohn, von dem er so wenig wusste, rief ohne Not an und lud ihn nach San Sebastián ein? Ablehnen konnte er nicht. Maxime redete und redete. Er würde ihn in Hendaye abholen, der TGV halte da, eine Fünf-Stunden-Fahrt, das würde er selbst in seinem Alter schaffen, oder? Maxime lachte scheppernd, Bernard stimmte wohl oder übel zu. Ein Hotelzimmer könne er buchen. Ja, Maxime, wenn du meinst, ja, in Spanien war ich erst einmal, in Barcelona, nicht für lange. Übernächstes Wochenende schon? Ich muss zuhause meinen Kalender prüfen, du weißt ja, Ruheständler haben viel um die Ohren. Ich melde mich heute Nachmittag, ja?

Bernard beendete das Gespräch als Erster. Er blickte ziellos um sich. »Angel of the Morning«, ja, Colmar damals, als er für ein paar Sommerwochen mit einer der wenigen Frauen zusammen war, die wie er Önologie studierten. Martine, ja, so hieß sie wohl, eine dunkelhaarige Lehrerstochter, die liiert war – Ich habe einen festen Freund –, was sie nicht davon abhielt, Bernard in einem Weinkeller zu verführen. Hinter Eichenfässern hatte sie ihn ausgezogen. *I'm your angel of the cellar*, eine Karte mit dieser Notiz, in ihrer ausladenden, kantigen Handschrift, fand er am nächsten Morgen im Briefkasten.

Er schüttelte den Kopf, rief nach dem Kellner, obwohl sein Sandwich nur zur Hälfte gegessen war. Weshalb dachte er jetzt an Martine, von der er später nie mehr gehört hatte, wo sein Sohn ihn nach Spanien eingeladen hatte, aus heiterem Himmel? Er hatte den Klingelton erst nach Mireilles Tod geändert.

9

Bist du interessiert? Bernard weiß nicht, ob er den Mann richtig verstanden hat. Einer um die vierzig, der ihn unvermittelt anspricht. Es ist gleich halb sechs, bald ertönen die Glockenschläge, die die Friedhofsbesucher zum Ausgang nötigen. Bernard ist der Mann aufgefallen, wie er über den Chemin du Dragon zum Colline des Maréchaux schlenderte, einem abgeschiedenen, verwunschenen Friedhofsflecken. Er gehört offensichtlich zu keiner Gruppe. Jetzt steht er vor Bernard, wiederholt seine Frage. Woran, Monsieur, soll ich Interesse haben? Kann ich Ihnen helfen? Suchen Sie ein bestimmtes Grab? Viel Zeit haben Sie allerdings nicht mehr. Sie wissen, der Friedhof schließt um sechs.

Der Mann sieht sich kurz um, rückt an Bernard heran. Ihre Jacken berühren sich fast. Da hinten sei man ungestört, kurz vor Toresschluss. Er deutet in das Dickicht und fasst sich in den Schritt. Es dauert eine Weile, bis Bernard begreift, bis er reagiert. Nein, Monsieur, ich habe kein Interesse. Das scheint ihm die unverfänglichste Reaktion. Er reagiert nicht aufgebracht, eher verblüfft, mit einer solchen Avance konfrontiert zu werden. Der andere wendet sich sofort ab, wünscht Bernard einen schönen Abend. Er ist offensichtlich geübt darin, sich seiner Klientel zu nähern, Irrtümer eingeschlossen.

Bernard ist es nicht gewohnt, von Männern angesprochen zu werden. Seine Erfahrungen in dieser Hinsicht sind bescheiden, reichen in seine Schülertage zurück. Lange danach, am Strand in Antibes vor Jahren, als Mireille eine Woche später als er anreiste, legte sich in einer ruhigen Bucht ein schmächtiger Mann zu ihm, als er eingeschlafen war. Er bemerkte den Übergriff erst, als der andere sich an seiner Badehose zu schaffen machte. Wenige Sekunden später war der Schmächtige verschwunden. Auf einem Friedhof angesprochen zu werden, das überrascht Bernard. Er würde gern jemandem davon erzählen, doch zuhause ist niemand. Morgen, gleich in der Frühe, wird er Jean-Luc vorsichtig aushorchen.

Der Wind hat letzte Nacht wieder kräftig gewütet. Er macht seine Kontrollgänge in die Seitenwege, grüßt eine Kolonne von Arbeitern, die jeden Tag damit beschäftigt sind, Gefahrenquellen zu beseitigen oder mit rotweißen Absperrbändern zu sichern. Da vorne, ruft ihm einer der Männer zu, sei eine Büste zu Boden gestürzt, der jetzt nasenlose Bankier habe den Sturm nicht überlebt. Und sogar einige der Schilder seien aus ihrer Verankerung gerissen worden, man habe beim besten Willen keine Zeit, jede Schraube zu überprüfen.

Bernard mag die Schilder nicht, diese oft mit Blumenmotiven versehenen Granitplatten, die Floskeln in

Schreibschrift zieren wie *A notre mémoire* oder *A la femme da ma vie*. Mehrere hintereinandergereiht, keiner der Angehörigen will in den Verdacht geraten, gegeizt zu haben. Die Bestattungsunternehmen auf dem Boulevard de Ménilmontant bieten diese Dienstleistung an: Binnen kürzester Zeit, so steht es in einem Schaufenster, werden die Schilder personalisiert, mit Gravuren versehen und angeliefert. Man kann wählen zwischen mehreren Formen und Farben des Granits, rote Herzen inklusive. *Viertausend Motive im Angebot!*, wirbt einer der Bestatter, der darauf verweist, in vierter Generation zu arbeiten, und einen Expressdienst *48 Stunden!* anbietet.

Viele legen Wert darauf, Fotos der Toten in den Stein einzulassen, Jugendfotos oft. Bernard meidet diese Gräber. Warum die Bilder, warum die Verstorbenen und die noch Lebenden nicht damit verschonen? Wer tot ist, ist tot, nach wenigen Wochen skelettiert, aufgelöst im Erdreich. Die Fotos mit den freundlich Lächelnden tun so, als könnten sie das leugnen. Er fühlt sich unsicher, schwankt, was er darüber denkt, hängt von seinen Stimmungen ab. Stimmungen sorgen für eine Unruhe, die ihn bisweilen stört. Brauchen die Verwandten, wenn sie ihre Pflichtbesuche abstatten, Fotos als Erinnerungshilfen? Schämen sie sich, wenn sie die Gesichtszüge ihrer Onkel, Schwestern oder Partner nicht mehr beschreiben können? Wie lange hat man diese noch vor Augen?

Wie gut, dass er, als Mireille starb, nicht gezwungen war, sich um solche Dinge zu kümmern, mit ernst dreinblickenden Bestattern über die Ausstattung des Grabes oder Zeremonien zu sprechen. Mireille wollte verbrannt werden, das hatte sie ihm eingeschärft, als sie noch bei bester Gesundheit war. Ihre Urne stand auf dem Friedhof von Orléans, ihrem Geburtsort, in einem Fach neben hundert anderen. Bernard ist nie mehr nach Orléans gefahren.

Er versucht, sich an Mireilles Augen, ihren Mund zu erinnern. Er hat Fotos von ihr, wenige auf seinem Mobiltelefon, viele in einer Pappschachtel, die irgendwo in einer Schublade liegt. Er sieht sie sich nie an. Sein Gedächtnis muss ausreichen, um Mireille zu vergegenwärtigen. Immer häufiger verwischen ihre Züge, als sähe er sie durch eine Wand aus Dunst. Er ist nicht traurig deswegen. Dinge verschwinden, gehen verloren, Menschen machen sich auf und davon, sterben. Es bleibt, was bleibt, nicht mehr und nicht weniger. Ihre Leberflecke unterhalb des Schulterblattes, deren entsinnt er sich noch, zwei hellbraune Punkte, die er gern mit Küssen überzogen hat, damals.

Die Arbeiter haben recht. In einigen Reihen hat der Sturm Verwüstungen angerichtet. Eine Gießkanne hat sich in einem Kreuz verhakt. Bernard richtet Vasen mit Trockenblumen auf. Warum nur stirbt der Brauch nicht aus, in Folien gewickelte Schnittblumen auf die Gräber zu legen? Nach wenigen Tagen sammelt sich Feuchtigkeit an, die Pflanzen nehmen einen bräunlichen Farbton an, sondern einen süßlichen Modergeruch ab. Wochenlang liegen die Blumenpäckchen da, als wollten sie die Toten verhöhnen.

Er biegt in den Chemin Denon ein, wo heute kaum Besucher entlanggehen. Das auffallende Grab des Bildhauers und Malers Arman, einer seiner Lieblingsorte. Ob der Künstler selbst die leicht aufgerichtete Skulptur gefertigt hat, das eingefallene, demolierte Cello, das mit grünen Patinaschuppen überzogen ist? Alles ist hier aus den Fugen geraten, und nichts wird an diesem Zustand etwas ändern.

Bernard bleibt vor der vorderen Marmortafel stehen. Daneben das kleine weiße Plastikschild. Es lehnt an der Grabumfassung und scheint von keinem Windstoß in Mitleidenschaft gezogen worden zu sein. Die Schrift ist gut lesbar. *Enfin Seul!* Anfangs hat sich Bernard über dieses *Endlich allein!* gewundert, bis er bei seinen abendlichen Nachforschungen herausgefunden hat, dass es sich um ein Ersatzschild handelt. Ursprünglich, so heißt es und Fotos belegen das, sei da eine Marmorplakette gewesen mit *Enfin Seul!* und der Unterschrift des Künstlers.

Ein Weltabgewandter, ein Menschenfeind, der froh war, am Lebensende seine Ruhe zu haben? Oder einer, der selbst im Tod mit den Menschen spielt? Das Schild verschwand irgendwann, ein Diebstahl vermutlich, wie auf diesem Friedhof so vieles entwendet wird. *Enfin Seul!* ohne Signatur, das lässt andere Deutungen zu. Lange, vermutet Bernard, dürfte dieses neue Schild da auch nicht stehen. Bernard rückt es behutsam zurecht, als stünde es besser ein paar Zentimeter weiter rechts.

Es nieselt den ganzen Tag. Er hat seine Kapuze übergezogen. Früher war er empfindlich gegen Kälte, hielt die Tür seines Ladens immer geschlossen. Das ist vorbei. Die Tage auf dem Friedhof haben ihn abgehärtet. Als er Richtung Haupteingang läuft, sieht er Alain, der mit ein paar Floristen diskutiert. Vermutlich geht es um Allerheiligen, den schrecklichsten Friedhofstag. Bernard überlegt, ihn zuhause zu verbringen, obwohl er dann in diesem Jahr nur dreihundertvierundsechzig Tage Präsenz zeigen würde.

Er erinnert sich nur zu gut an den letzten November, als Tausende von Besuchern durch die Tore strömten. Auf dem Montmartre-Friedhof wird, das hat er beobachtet, eine der Eingangspforten nur für diesen einzigen Tag geöffnet, um die Massen besser zu lenken. An Allerheiligen sieht man Gesichter, die sonst nie zu sehen sind. Aufgeregte oder verwirrte Franzosen, die sich plötzlich an ihre toten Verwandten erinnern, obwohl sie oft nicht wissen, wo diese liegen. Dreimal so viel Angestellte wie sonst stehen an Allerheiligen bereit, um Auskunft zu geben. Im letzten Jahr ging man Bernard von allen Seiten an, Menschen, die einen Topf Chrysanthemen wie ein Weihnachtspräsent vor sich hertrugen und sich verirrten. Einige zogen mit der Erkenntnis ab, dass die Gräber ihrer Tanten oder Großväter längst aufgelassen waren, stellten ihre Blumen irgendwo ab.

Ja, entschließt sich Bernard, in diesem Jahr setze ich an Allerheiligen keinen Fuß vor die Tür. Was sich leicht sagt. Er spürt eine aufkommende Unruhe in sich, lange Stunden ohne Friedhof … er wird verreisen, er wird verreisen, ein Tagesausflug … Alain wirkt ungehalten, diskutiert mit ausladenden Handbewegungen. Er und seine Kollegen kämen ohne Allerheiligen gut zurecht. Wochenlang haben sie diesen Tag vorzubereiten, unter der Nervosität des Direktors leidend, der fürchtet, der Besucherströme nicht Herr zu werden. Bernard sieht die japanischen oder amerikanischen Touristen vor sich, die nichtsahnend ihre Prominentenliste abhaken möchten und sich plötzlich von Franzosen mit ganz anderen Absichten umzingelt sehen. Eine Frau hat ihn letztes Jahr empört angesprochen. Ob man dagegen nichts machen könne.

Bernard begrüßt Alain, der sich beruhigt hat und einen Schubkarren über das Kopfsteinpflaster zieht, mit einem Nicken und geht festen Schrittes zur südlichen Mauer weiter, zur Avenue du Boulevard. Er will seine kulinarische Sammlung erweitern, schaut kurz bei Bornibus' Grab vorbei und macht sich dann auf die Suche nach Angelo Mariani, den er vielleicht bald auch duzen wird. Er findet ihn wenige Reihen weiter, unweit der Porte des Amandiers. Das Grab der *FAMILLE MARIANI* hat schon bessere Tage gesehen, kein Wunder, wo der Patron Angelo vor über hundert Jahren verstorben ist. Vor dem Grabstein ein grauer, von Regengussspuren überzogener Trog mit dürren, abgestorbenen Sträuchern. Davor zwei ewige Lichter, die ihrem Namen hohnsprechen, und ein aufgeschlagenes Buch aus Stein, dunkelbraun verwittert. Auf der rechten Seite ist mit Mühe ein *Souvenir de tous ses amis* zu lesen.

Bernard zögert, ob er die trockensten Zweige aus dem Trog entfernen soll, lässt es schließlich sein. Vielleicht passt das zu diesem Mann, an den sich außer ihm keiner erinnert, weil es die Erfindung, die ihn bekanntgemacht hat, nicht mehr gibt, eine Erfindung, die Bernard gern in seinem Weinladen verkauft hätte. Mitte des 19. Jahrhunderts entwickelte Mariani, ein korsischer Chemiker, ein Getränk, das es in sich hatte. Bernard kennt die Firmengeschichte in- und auswendig, er hat für seine Akten alles nachgelesen, was es über diesen Mann zu wissen gibt … und insbesondere über seinen Vin Tonique Mariani à la Coca du Pérou, einen Bordeaux-Wein, der, pro Flasche mit mehreren Gramm Kokain angereichert, zu einem Kassenschlager wurde. Als Allheilmittel pries man den Mariani-Wein an, den sein Erfinder mit Marketingkampagnen in der ganzen Welt bekanntmachte, Büros in New York, London und Montréal gründete er. Ärzte empfahlen das Getränk, das gegen jedwedes Leiden zu helfen schien, bei Magenverstimmungen, bei Erschöpfung, Impotenz, Anämie, Überarbeitung, Seekrankheit und Melancholie.

Bernard rüttelt am Grabstein, der keine Altersschwäche zeigt, logisch vielleicht, denn Marianis Wundergetränk attestierte man sogar die Fähigkeit, das Leben zu verlängern. Mit Mitte siebzig starb Mariani trotzdem, kurz vor Ausbruch des Ersten Weltkriegs. Dass seine Nachkommen knapp zwanzig Jahre später die Produktion seines Weins einstellen mussten, berührte ihn nicht mehr. Immerhin inspirierte er einen amerikanischen Arzt dazu, eine French Wine Coca auf den Markt zu bringen, die von Alkohol und Kokain befreit zu Coca-Cola wurde. Ob Angelo Mariani das gefallen hätte? Bernard ist sich nicht sicher.

Immerhin arbeitete der umtriebige Geschäftsmann Mariani schon zu Lebzeiten an seinem Nachruhm und sammelte Empfehlungsschreiben und Lobpreisungen seines Produkts in kostspieligen Lederbänden. Bernard hat einige dieser Hymnen aufgespürt, von Émile Zola oder Jules Verne zum Beispiel. Ja, selbst russische Kaiserinnen und leibhaftige Päpste orderten den außergewöhnlichen Wein und gaben offen zu, den medizinischen Zaubertrank regelmäßig zu konsumieren. Die unübertroffene Sarah Bernhardt, die Schauspielerin, schrieb Mariani, dass sie seinem Wein ihre Gesundheit und Vitalität verdanke. Bei Ermattung genügten ihr wenige Tropfen, um frisches Leben in sich zu spüren. Welches andere Getränk, denkt Bernard, kann sich auf derart viele berühmte Verehrerinnen und Verehrer berufen?

Sarah Bernhardt, ja, Sarah Bernhardt, dieser Bühnenstar, der das neue Medium des Stummfilms sofort eroberte, auch sie liegt auf dem Père-Lachaise, Anfang der zwanziger Jahre starb sie, und bei ihrem Staatsbegräbnis sollen Hunderttausende die Straßen gesäumt haben. Bernard muss nicht überlegen, er weiß, wo ihr Grab ist. Nicht weit entfernt vom Columbarium, in der vierundvierzigsten Division. Zwischen der Mariani-Wein-Trinkerin und dem Mariani-Wein-Erfinder liegt eine gute Strecke Fußweg. Bernard geht sie mehrfach am Tag, und bald legt er regelmäßig eine Blüte auf Angelo Marianis Grab, als wollte er dem vertrockneten Gestrüpp nicht das letzte Wort lassen.

Sarah Bernhardt braucht keine Blumen von ihm, ihr

mangelt es bis heute nicht an Huldigern. Wer außer ihm weiß um die Verbindung der beiden Gräber? Kaum jemand wohl, und das gefällt ihm. Der Senf-Magnat Bornibus und der Cocawein-Magnat Mariani, das sind die Heiligen in seinem kulinarischen Totenalmanach. Dass sich niemand mehr für die beiden interessiert, erhöht seine Wertschätzung für sie.

10

Maxime ließ auf sich warten. Er hatte ihn in Hendaye abgeholt, in einem Cabrio, das wie ein englischer Oldtimer aussah. Bernard kannte sich mit Autos nicht aus. Mit Mühe gelang es, seinen kleinen Lederkoffer zu verstauen, ein Exemplar, das zu diesem Wagen passte. Maxime, der sein Haar schulterlang trug, hatte ihn in einem verwinkelten Altstadthotel abgesetzt und sich für den Abend mit ihm in einem Café neben dem Rathaus verabredet. Er habe noch einiges vorzubereiten, damit er sich vor seiner Reisegruppe nicht blamiere, pensionierte Lehrer, die vermutlich seit Wochen Kulturgeschichten des Baskenlands durchgearbeitet hatten und darauf warteten, ihn zu korrigieren.

Später, Papa, klappern wir ein paar Pintxo-Bars ab und reden. Ich weiß gar nicht, ob wir das noch können. Die Altstadt ist zum Bersten voll. Verirr dich nicht. Pariser sind ja oft hilflos, sobald sie Paris verlassen. Bernard hatte genickt und gedacht, dass sie, ohne dass es jemals offenen Streit zwischen ihnen gegeben hätte, niemals lange miteinander geredet hatten. Aber vielleicht gelang das ja hier besser. Er liebte seinen Sohn, der ihm dennoch fast fremd geworden war. Keine Sorge, ich lege mich ein bisschen aufs Ohr und schau mich dann um. Google Maps wird mich schon zum Rathaus bringen, halb acht, ja?

Es war acht. Jeder Stuhl im Café war besetzt. Bernard bestellte ein weiteres kleines Bier, um keine zornigen Blicke des strengen Kellners auf sich zu ziehen. Gäste, die über eine Stunde nicht mehr als ein Getränk konsumierten, zählten offenkundig nicht zu seiner Lieblingsklientel. Ganz wie in den Cafés am Montmartre. Würde er noch rauchen, täte er das jetzt gern. Es saß sich angenehmer mit einem Zigarillo in der Hand. Den Rauch in die Luft blasen und sich hinter den dünnen Schwaden verstecken. Wann hatte er sein letztes Zigarillo geraucht? Vielleicht vor gut zwanzig Jahren, als sie Mireilles Eltern besuchten und er sich provokativ in der »Salon« genannten Wohnstube ein Zigarillo angezündet hatte, eines von der dickeren, kräftigeren Sorte. Der Gesichtsausdruck von Mireilles Mutter hatte ihm über die Zumutung des Aufenthalts hinweggeholfen.

Den späten Nachmittag hatte er in den engen Gassen verbracht, sich treiben lassen. Für diese anderthalb Tage lohnte es sich nicht, einen Reiseführer zu lesen. Es hatte ihn in eine der zahllosen Bars gezogen, um endlich ein Glas von diesem merkwürdigen Weißwein zu trinken, der in hohem Bogen in die Gläser gegossen wurde, als handelte es sich um einen feierlichen Akt. Txakoli hieß dieser Wein, der fast wie ein Crémant im Glas schäumte.

Bernard hatte sich in einen Winkel verkrochen, den

palavernden Einheimischen und den von so viel Trubel verunsicherten Touristen zugehört, froh darüber, in Ruhe gelassen zu werden. Drei Gläser dieses trockenen, moussierenden Weins hatte er getrunken, ohne sich daran erinnern zu können, aus welcher Rebsorte er gewonnen wurde. Für seine Kunden wäre das nicht in Betracht gekommen. Spanische Weine hatte er nie verkauft, wozu auch, es gab in Frankreich genügend.

Er spürte den Wein jetzt, während er auf Maxime wartete, und ärgerte sich, weil er nicht mehr rauchte und weil er Bier getrunken hatte. Bier auf Wein, das lass sein, ja, das hatte ihm ein Deutscher erläutert, der eine Weile in der Rue Francœur gewohnt und sich bei ihm mit Sancerre und bayerischem Bier eingedeckt hatte. Aus seiner Zeit im Elsass verstand Bernard ein paar Brocken Deutsch, und die Überzeugungskraft, mit der sein Kunde – aus Rosenheim komme er, aus Rosenheim! – ihm nahegelegt hatte, Bier nie auf Wein folgen zu lassen, war ihm unvergesslich. Genau wie dieser Spruch, der wie eine Lebensweisheit klang. Warum es ein Sakrileg war, Alkohol in dieser Reihenfolge zu sich zu nehmen, daran erinnerte er sich nicht mehr.

Sein Kopf dröhnte, nein, brummte, als er Maxime in der Ferne erkannte. Der schien es nicht eilig zu haben. Wohin sollte sein Vater auch entschwinden? Er wirkte jünger als Mitte dreißig, mit seinen Shorts und seiner bunten Tasche, deren Trageriemen er sich um den Hals geschlungen hatte.

Bin schon da, Papa, bin ich zu spät? Aber du hast es dir ja gemütlich gemacht, eine Hitze ist das … Sein

Blick streifte das Bier, dessen Schaum in sich zusammengefallen war. Lass uns gleich in die Pintxo-Bars gehen, ich hab einen riesigen Hunger und gar nicht viel Zeit. Tut mir leid, ich dachte, wir könnten uns ein entspanntes Wochenende gönnen, rausfahren oder so. Aber am Montag fahr ich mit meiner Truppe, fast zwei Dutzend hochgradig Kulturinteressierter aus ganz Frankreich, runter ins Chillida-Museum, und dafür muss ich noch eine Menge nachlesen, auf den letzten Drücker, wie immer, du kennst mich ja.

Ja, Bernard erkannte seinen Sohn wieder, der als Schüler immer Gefahr gelaufen war, die erste Stunde zu verpassen, oder bei Klassenreisen die Unterhosen vergaß. Er erzählte, als sich Maximes Redeschwall gelegt hatte, von seinem Tag, verschwieg die drei Gläser Txakoli und folgte Maxime in die erste Bar. Tausend Kleinigkeiten, Tapas, gab es, das war ihm nachmittags bereits aufgefallen, und Bernard wusste nicht, für welche der unzähligen Schälchen er sich entscheiden sollte.

Oktopusarme, mit Pistazien versetzte Blutwurst, Frischkäse mit Mandeln, Gambas mit Speck, Rippchen mit Apfelmus und Entenmuscheln, was immer das sein mochte. Maxime füllte sein Tablett blitzschnell, als äße er jeden Abend hier, und orderte eine Flasche Txakoli. Bernard wagte nicht zu widersprechen, entschied sich für Tellerchen mit Ochsenbacke und Foie gras.

Während sie an einem der dicht besetzten Tische saßen und Maxime ungeniert mit seiner Gabel in Bernards Gänseleber stocherte, begann er zu erzählen. Das, Papa, ist eine meiner letzten Touren, ich habe mit meiner Agentur gesprochen, ich werde nach Kanada auswandern, na, vielleicht nicht gleich auswandern, aber hinziehen auf jeden Fall. Weißt du, ich hab eine Frau kennengelernt, eine Kanadierin aus Montréal, die da eine Buchhandlung, nein, einen Laden für Comics betreibt. Wir lieben uns, also wenigstens fühlt es sich so an, und es gibt wohl Möglichkeiten, dass ich in Kanada bald Touren machen kann, eher so in der Wildnis, in den Wäldern. Mir ist langweilig in Frankreich, und bevor die ganze Welt den Bach runtergeht, versteck ich mich mit Pauline in den kanadischen Wäldern. Kommst du uns mal besuchen?

Bernard spießte ein Stück Ochsenbacke auf, froh darüber, mit vollem Mund nicht antworten zu müssen. Kanada, das lag nicht um die Ecke. Er nickte, kaute langsam. Maxime redete weiter, von der Ausdehnung des Landes, von der Möglichkeit, sich unabhängig zu machen. Pauline sei eine selbstständige Frau, die begriffen habe, dass er neue Wege gehen müsse. Bernard nickte erneut, nahm einen Schluck Wein.

Maxime, das sind Neuigkeiten, Kanada, das, ja, Eishockeyland in meiner Jugend. Vielleicht raffe ich mich auf, zu dir zu fliegen, wenn du nicht gerade in deinen Wäldern umherirrst und irgendwelchen Menschen Überlebenstipps gibst … Und eh du fragst: Keine Sorge, ich komme ohne dich zurecht, das musste ich in den letzten Jahren ja auch. So alt bin ich noch nicht.

Bernard zeigte seine Betroffenheit nicht. Er überlegte, seinen Sohn zu fragen, warum er an den Weltuntergang glaube. Ein junger Mann sollte Optimismus an den Tag legen … Ein Gedanke, der ihm einerseits aufgesetzt und unreflektiert vorkam, andererseits, so gestand er sich ein, fühlte er selbst keine Zuversicht, wenn er an die Zukunft dachte, an die große allgemeine Zukunft, die mit seiner eigenen irgendwie zu tun hatte. Warum also von Maxime anderes erwarten, von Maxime, der sich von allem verabschieden wollte, sofern das möglich war, ein egoistisches Motiv, eines, das Bernard verstand.

Maxime erkundigte sich höflich nach seinem Ruhestandsleben. Was er vorhabe, ob er jemanden kennengelernt habe, er sei noch immer ein stattlicher Mann. Bernard wich aus, erzählte von seinen Gängen in die Bibliothek, von Christophe. Er holte weit aus, wollte Nachfragen gar nicht erst aufkommen lassen. Eine unnötige Anstrengung, denn Maximes Blick flackerte, vermutlich kreisten seine Gedanken um Kanada oder um den Ausflug zum Chillida-Museum. Er nahm es ihm nicht übel.

Kurz nach zehn – die zweite Flasche Txakoli war ausgetrunken – rutschte Maxime auf seinem Stuhl hin und her, mahnte schließlich zum Aufbruch. Es tue ihm leid, aber er wisse ja … Und in Kanada bin ich nicht aus der Welt, Skypen sei ja für ihn hoffentlich kein Problem, und du musst unbedingt Pauline kennenlernen.

Sie umarmten sich, länger als sonst. Bernard fühlte sich schwer vom Wein. Morgen, Papa, hol ich dich gegen Mittag ab und fahr dich zum Bahnhof, in Ordnung? Bernard sah ihm nach, winkte ihm hinterher und freute sich, dass sich Maxime einmal umdrehte.

Er ging die kurze Strecke zurück zum Hotel zu Fuß. Für heute hatte er genug, von allem. Der Lärm in den Gassen ebbte nicht ab, bei offenem Fenster zu schlafen, daran war nicht zu denken.

Am nächsten Morgen erwachte Bernard mit Kopfschmerzen. So viel Wein zu trinken, das hatte er verlernt. Trotzdem quälte er sich aus dem Bett, rollte seine Badehose in ein Frotteetuch, und ging Richtung Meer. Er wollte schwimmen, endlich wieder. Die weiten Strände waren trotz der frühen Uhrzeit gut besucht, gegen Mittag würde sich kaum noch ein freies Plätzchen finden. Bernard setzte sich auf die Steinbrüstung an der Kaimauer. Eine Gruppe von Jugendlichen belagerte eine Betonfläche in drei Meter Höhe, eine Art Sprungturm, ihr täglicher Treffpunkt wahrscheinlich. Sie stießen einander unter lautem Johlen ins Wasser oder hüpften über eine Kunststoffabsperrung selbst hinein.

Er zog sich unauffällig um. Niemand beachtete ihn. Eine Treppe führte hinunter ins Wasser, er hoffte, von den tobenden Jungen nicht übersehen zu werden, und schwamm mit schnellen Zügen hinaus. Es war gewiss nicht die schönste Badestelle in San Sebastián, doch das kümmerte ihn nicht. Er wollte hinaus, weit hinaus, das Gefühl bekommen, sich zu vergessen, die Sonne spüren, seine Kräfte. Im Meer, ja, es war wie früher als Kind, am Mittelmeer. So müsste man leben, also leben, ohne zu leben, wenn sich das so sagen ließ. Wie schaffte man das?

11

Allerheiligen überstanden. Bernard ist seinem Vorsatz treu geblieben und hat die Wohnung nicht verlassen, es sich sogar verkniffen, ans Fenster zu treten. Nun ist der Ansturm vorüber, um kurz nach acht geht er durchs Hauptportal, als gelte es, den versäumten Tag wettzumachen. Er hat sich vorgenommen, die kommende Nacht wieder auf dem Friedhof zu verbringen, in einem der kleinen Mausoleen, geschützt vor dem aufkommenden Wind und dem Nieselregen. So lässt sich seine Bilanz wieder korrigieren, der Fehltag ausgleichen.

Eine Kolonne von Friedhofsarbeitern zieht mit Schubkarren, Greifzangen und Schaufeln die Avenue Principale hinauf und sammelt den Müll ein. Er erkennt den Direktor, der Anweisungen gibt und sich offenbar selbst ein Bild davon machen will, was die Menschenmassen gestern angerichtet und hinterlassen haben. Picknicküberreste überall, sogar auf den Grabplatten, zersplitterte Blumentöpfe, Papiertaschentücher, Flaschen, Friedhofspläne, ein Schlüsselbund, Handschuhe, Schirme. Jemand hat sein Handy auf einer Bank liegen lassen.

Kondome, denkt Bernard, werden die Arbeiter heute nicht entsorgen müssen, dafür war es zu voll gestern. Er kennt die Winkel des Friedhofs, wo an sonnigen Morgen weggeworfene, nasse Kondome liegen. Er wundert sich jedes Mal darüber, welche Anziehungskraft dieser Ort für Liebende besitzt. Die jungen Paare, die sich für ein erstes Rendezvous nicht den Eiffelturm oder den Parc de Bagatelle aussuchen, sondern das Grabmal von Héloïse und Abélard, von Simone Signoret und Yves Montand. Bernard kennt die erotischen Skulpturen, die wie ein trotziges Bekenntnis wirken, wie der Kampf gegen die verfallenden, toten Körper.

Die Aussicht, einander nicht mehr berühren zu dürfen, quält die Menschen. Bernard hat sich zuvor nie Gedanken darüber gemacht, dass die Lust eine Ewigkeit will, die der Tod negiert. Ein Eroberer wie Christophe ist er nie gewesen, obwohl sich im Weinladen Möglichkeiten geboten hätten, mit Frauen ins Gespräch zu kommen. Sex hat selbstverständlich zu seinem Leben gehört, und als Mireille nach und nach das Interesse daran verlor, beschäftigte ihn das, belastete ihn das manchmal. Gesprochen haben sie darüber nie. Sie wird Gründe gehabt haben. Sich zu lieben, sich dabei zu vergessen, sich zu verlieren, das fehlt ihm. Wie ist er darauf gekommen? Ja, die Kondome, die zumindest am Aufräumtag nach Allerheiligen keine Rolle spielen.

Wie von fremder Hand gelenkt, biegt er unbewusst in die Avenue Latérale du Sud ein, Richtung elfte Division. Er steuert sein Ziel an, das seltsame Grab an der kurzen Avenue Delille. In der ersten Reihe ruht das

Ehepaar Arbelot, eine Bronzestatue des Bankiers Fernand Arbelot, der ausgestreckt auf dem Rücken liegt. In den Händen hält er den Kopf einer Frau, seiner Frau Henriette, die Hände umfassen ihre Ohren fest. Fernands Augen sind geschlossen, und doch betrachten sie Henriette, wollen im Tod keine Sekunde von ihr lassen. Fernand starb im Zweiten Weltkrieg, ein paar Jahre später errichtete man die Statue, das Zeugnis einer um Dauer ringenden Liebe.

Bernard umkreist das Grab, fragt sich, ob der Tote selbst die Skulptur in Auftrag gegeben hat oder ob es seine Frau war, die ihren Schmerz auf diese Weise lindern wollte. Den Kopf, den abgeschnittenen Kopf für immer in seine kräftigen Hände legen …

Henriette überlebte ihren Mann um ein Vierteljahrhundert. Wie oft mag sie sein Grab in dieser Zeit aufgesucht haben? Bernard kniet sich nieder, versucht die Inschrift zu entziffern: *Ils furent émerveillés du beau voyage qui les mena jusqu'au bout de la vie.* Was für eine Bilanz … den Tod so zu sehen, als verwundertes Entzücken nach einer schönen Lebensreise. Bernard wiederholt die Zeilen halblaut. Kein Wunder, dass Fernand und Henriette frisch Verliebte anziehen.

Nein, er fühlt sich nicht am Ende angelangt, und er wäre früher nie auf den Gedanken gekommen, sein Leben zu bilanzieren. Er zieht es vor, Tag für Tag zu leben … wenngleich seine Schwester ihn für diesen Satz verspotten würde. Mein Bruder, der Friedhofsmann – das nennst du leben? Dass ich nicht lache. Irgendwann verwechseln sie dich mit den Leichen und verscharren dich. Einen Grabspruch werde ich mir für dich ausdenken, einen, der es in sich hat. Und glaub ja nicht, dass ich vor dir sterbe!

Bernard legt seine Hand auf Henriettes streng anliegendes Haar, das von Wind und Wetter nicht ansehnlicher geworden ist. Er tritt auf die Freifläche neben dem Grab, die einen Ausblick auf die angrenzenden Divisionen erlaubt, und sieht eine Frau auf sich zukommen, eine Frau mit dunklen, schulterlangen Haaren. Sie bewegt sich schnell und bestimmt, dreht sich um die eigene Achse, schaut prüfend zum Himmel und trippelt wie eine Weitspringerin beim Anlauf. Sie stellt eine Filztasche ab, nimmt einen Fotoapparat heraus und setzt sich auf den Boden. Eine Hobbyfotografin, die ihren Père-Lachaise-Besuch hundertfach dokumentieren möchte, scheint sie nicht zu sein. Sie nimmt Bernard erst jetzt wahr, obwohl keine zehn Meter zwischen ihnen liegen, grüßt kurz, sieht sich um, als wäre sie auf Motivsuche. Will sie die Arbelots fotografieren? Da wäre sie nicht die Erste, denkt Bernard und entfernt sich mit langsamen Schritten. Er möchte kein Geräusch machen, tut so, als würde er die Frau nicht beachten. Sie trägt einen hellen, ockerfarbenen Mantel, weiße Turnschuhe und streicht ihr Haar zurück, während sie an ihrer Kamera hantiert.

Der Himmel klart auf. Bernard geht weiter Richtung *rond-point*, wo sich die Pèrelachaisiens versammelt haben. Es gibt viel zu bereden nach dem gestrigen Tag, zwei Dutzend Männer bilden einen Halbkreis, abseits davon drei Frauen, die heftig zu diskutieren scheinen.

Bernard erkennt Anführer Gaétan, der ihm zuwinkt, als läge ihm unbedingt daran, ihn in ihrer Runde zu wissen. Stimmen gehen durcheinander. Ob er das Theater gestern mitbekommen habe? Die Leute hätten sich wie Wilde aufgeführt, immer wieder habe man einschreiten müssen, um Gelage zu verhindern oder Verirrten weiterzuhelfen. Der Direktor persönlich hätte eine politische Kundgebung ein paar Versprengter unterbunden, am Reiterdenkmal dieses Armeniers, er wisse schon. Polizei sei vor Ort gewesen. Die Cognac- und Schnapsfläschchen, über die sei hinweggesehen worden, so kalt, wie es gewesen sei. Doch dass manche versucht hätten, Hunde mitzunehmen, das sei zu viel des Guten gewesen. Man erkenne ja die Ahnungslosen sofort, die es nicht gewohnt sind, sich auf einem Friedhof zu benehmen, die allenfalls an Allerheiligen aufmarschierten wie zu einer Kirmes. Bernard nickt zu allem, schämt sich zuzugeben, dass er gestern zuhause geblieben ist. Das würde seinem Ruf schaden, denn inzwischen haben ihn die Pèrelachaisiens widerwillig akzeptiert. Einer, der jeden Tag seine Runden dreht und kein Störenfried ist, den muss man tolerieren, wenngleich er ihre Nähe nicht sucht, so denken sie vermutlich über ihn.

Gaétan wendet sich ab und geht zu den Frauen hinüber, die – so viel versteht Bernard gerade noch – etwas von einer Schwarzen Messe tuscheln. Sie hätten eine Gruppe obskurer Gestalten belauscht, die planten, den Friedhof für eine okkulte Feier zu nutzen und Gleichgesinnte über das Internet oder so dazu einzuladen.

Bernard wundert sich darüber nicht. Besucher, die zu

Sekten- oder Religionsführern pilgern, lassen sich jeden Tag beobachten, Besucher, die Gebete sprechen, sich an den Händen halten, niederknien, die Büsten streicheln oder üppige Gebinde ablegen. Selbst am Montmartre, auf dem winzigen Saint-Vincent-Friedhof, gibt es so etwas. Er erinnert sich an Grüppchen, die sich um das Grab eines Mystikers scharen, der sich Sédir nannte und seine esoterischen Lehren in zahllosen Schriften verbreitete. Dass er schon fast einhundert Jahre tot ist, ändert kaum etwas am Zulauf.

So wie bei diesem Allan Kardec auf dem Père-Lachaise, vor dessen Grab, das wie bei den Kelten überdacht ist, sich Spiritisten aus allen Ländern treffen, obwohl seine Zeit noch länger zurückliegt, als er Tische bewegte, mit den Toten sprach und Geisterbücher veröffentlichte, die sogar Napoleon III. imponierten.

Bernard weiß mit übersinnlichen Phänomenen, mit Séancen und Wiedergeburt nichts anzufangen. Ob er an ein Leben nach dem Tod glaubt? Darüber denkt er nicht mehr nach, seitdem er zwischen Gräbern lebt. Die Inbrunst derjenigen, die vor Kardecs Bronzebüste lange verharren, irritiert ihn. Der Kopf und die Schultern sind glatt poliert von ihren Berührungen. Auf kaum einem anderen Grab liegen so viele Blumensträuße, Tag für Tag kommen neue hinzu. Mit Schwarzen Messen freilich, da ist sich Bernard sicher, hatte Kardec nichts im Sinn.

Er hört den Frauen, die überlegen, den Direktor ins Vertrauen zu ziehen, jetzt genau zu. Solche dubiosen Feiern, solche satanischen Bräuche hätten hier nichts zu suchen, klagen sie. Er verabschiedet sich von ihnen, verlässt den *rond-point*. Dahinten am Chemin de la Citerne meint er einen gelblichen Mantel zu sehen, eine Frau, die sich über eine Gedenktafel beugt.

Er geht weiter, tut, was er am liebsten tut: ohne Ziel umherstreifen, ein unbekanntes Objekt entdecken und sich, auf einer Bank sitzend, Notizen machen. Kardec, ja, dessen Lebenslauf will er sich noch einmal ansehen, das schreibt er auf. Von der Aufregung, die Allerheiligen verursacht hat, wird bald nichts mehr zu spüren sein.

Er biegt in einen Weg ein, der hinunter zum Haupteingang führt. Vielleicht trifft er Alain oder Jean-Luc, der ihm neulich von seiner Tochter erzählt hat. Sie weigere sich, zur Schule zu geben, weil sie sich schäme, dass er auf dem Friedhof arbeite, einen *job de la mort* ausübe. Wahrscheinlich aber haben die beiden einen freien Tag bekommen, nach den Anstrengungen gestern.

Bernard gerät ins Stolpern, eine halbgefüllte Weinflasche ist ihm zwischen die Füße geraten. Ein rotes Rinnsal läuft über die marmorne Umfassung einer weißgelblichen Grabstätte, der er noch nie Beachtung geschenkt hat. Jeder Stein erzählt etwas. Er spürt oft den Wunsch, mit Angehörigen zu sprechen, damit sie ihm ihre Geschichten erzählen … und die ihrer Toten. Wer zum Beispiel war dieser John Edward Brigante, der nun Pinot-noir-Reste abbekommen hat? 1924 in Buffalo, New York, geboren, 2013 in Paris gestorben, begraben mit einer Madame Genty, die wohl seine

Frau war, und einem Joel Brigante, seinem Sohn, der zwölf Jahre vor seinem Vater verstorben ist. Wie das wohl wäre, wenn Bernard vom Tod Maximes erführe, ertrunken in einem reißenden kanadischen Fluss? Nicht zu ertragen wäre das.

Er malt sich aus, wie John Brigante auf den Tod seines Sohnes, vielleicht seines einzigen Sohnes, reagiert haben mag, der Mann aus Buffalo, der Wert darauf gelegt hat, die Nachwelt darüber in Kenntnis zu setzen, dass er *Princeton Scholar* und ein *Great Tennis and Jazz Fan* war. Keinen Widerspruch wohl hatte der Steinmetz geäußert und den Wunsch in Marmor gemeißelt. Erschrecken konnte den nichts. Leicht ist es, denkt Bernard, sich darüber lustig zu machen. Das bleibt von John Edward Brigante. Ein amerikanischer Herr, der selbst im hohen Alter die Jazz-Clubs im Marais oder links der Seine aufsuchte und für die French Open, für Roland Garros eine Dauerkarte besaß, bis zu seinem Tod.

12

Eine Ansichtskarte lag im Briefkasten, persönliche Post, das kam selten vor. Bernard kam gerade aus der Metzgerei zurück, betrieben von zwei Männern, Brüdern vermutlich, die deutlich älter waren als er. Zwei Lammkoteletts, einen Hühnerschlegel und eine Scheibe *terrine* nach Großmutterart, mehr brauchte er für die nächsten Tage nicht. Man kannte sich, schon Mireille hatte dort eingekauft, man sprach vom Herbst, der schneller komme, als man denke, vom Feuerwehreinsatz am Vorabend und wünschte sich einen guten Tag.

Bernard ließ sich Zeit auf dem Rückweg. Abends war er verabredet, mit einem Ehepaar, das unten in der Rue Tourlaque, einen Katzensprung vom Montmartre-Friedhof entfernt, wohnte. In einem Waschsalon, als seine Maschine den Geist aufgegeben hatte, hatte er die beiden kennengelernt. Wie ungewöhnlich, hatte er damals gedacht, dass ein Paar gemeinsam auf das Ende des Schleudergangs wartete und dabei Händchen hielt.

Sie hatten ihn angesprochen, während er auf ein Zeitungsfoto starrte. Ein Foto von Straßenkämpfen weiter oben im Nordosten. Ein blutender Schädel, Schlagstöcke, Jugendliche und Polizisten, die aufeinander losgingen. Ist das nicht schrecklich?, rief die Frau aus, ohne eine Bestätigung zu erwarten. Wir sind erst vor Kurzem nach Paris gezogen, wissen Sie?, um in der Nähe unserer Tochter zu sein. Kennen Sie Belfort? Da haben wir früher gelebt, mein Mann Gérard war da Lehrer. Solche Prügeleien auf offener Straße, das hat es in Belfort nicht gegeben.

Man stellte sich gegenseitig vor, als die Waschmaschine plötzlich stockte und mit einem Stöhnen anhielt. Gérard sprang auf und klopfte auf die Maschine, als ließe sie sich so wieder in Bewegung setzen. Bernard sah ihm zu. Das ist die Nummer 21, oder? Die sollten sie längst ausrangieren, ein Uraltmodell, auf das ich auch mal hereingefallen bin. Sie warteten fünf Minuten ab, drückten verschiedene Knöpfe, schließlich holten sie die nasse Wäsche resigniert aus der Trommel und luden sie in eine andere Maschine um. Meiden Sie die 21! Intelligenteres war Bernard nicht eingefallen, doch mit einem Mal sah das Paar einen Verbündeten in ihm. Gérard bot sich an, beim Bäcker schräg gegenüber *pains au chocolat* zu holen, um die Wartezeit zu verkürzen.

Wann hatte er zum letzten Mal Menschen kennengelernt? Gérard und Monique gingen auf die siebzig zu, es kam Bernard vor, als gehörten sie nicht seiner Generation an, doch er mochte das resolute Paar, das ihm eine Vorstellung davon vermittelte, wie es vielleicht gewesen wäre, wenn er und Mireille gemeinsam alt geworden wären. Man traf sich zwei-, dreimal im Monat, um ins Kino oder essen zu gehen, in einfachen Brasserien, da Gérard und Monique haushalten mussten, sich schwertaten, die hohe Miete aufzubringen.

Unschlüssig stand Bernard an der Ecke Rue du Mont-Cenis. Im Coin des Amis, dem Restaurant ein paar Schritte weiter unten, da hatte er mit seinen Nachfolgern den Vertrag unterschrieben, bei Nieren in Senfsauce und dem Landwein aus dem Languedoc, der besser war, als sein niedriger Preis vermuten ließ. Einen Kaffee, er könnte einen Kaffee trinken, doch seitdem er, wie seine Concierge es ausdrückte, das Leben eines Privatiers genoss, kehrte er seltener ein als in seinen Zeiten als rühriger Weinhändler. Damals hatte er, wenn der Student ihn vertrat, jede freie Minute genutzt, in einem der Cafés die Beine auszustrecken und eine Plauderei anzufangen.

Als er mit seinem Einkauf nach Hause gehen wollte, stolperte er beinahe über einen Obdachlosen, der sich vor der Apotheke auf einer Decke ausstreckte, mit einem Plastikbecher und einem teilnahmslos dreinschauenden Hund, dessen strenger Geruch den seines Besitzers überlagerte. Immer mehr Menschen, die man offiziell *sans domiciles fixes* nannte, lebten inzwischen auf den Straßen, über dreißigtausend, so stand es in den Zeitungen, sollten es sein, selbst am Montmartre gehörten sie zum Straßenbild, gleich neben den Maklerbüros schlugen sie ihre Lager auf. Bernard warf jedem von ihnen Münzen in die Becher oder Teller, ahnend, dass er dabei womöglich organisierten Bettlertrupps aufsaß. Er spendete regelmäßig an Hilfsorganisatoren.

Was man so tat, dachte er, wenn man sich scheute, in den Restos du cœur selbst Hand anzulegen. Zeit genug hätte er gehabt.

Eine Ansichtskarte, dicht an dicht stehende Nadelbäume, schnee- und eisüberzogene Berggipfel und ein flaschengrüner, unberührter See, der die Bäume reflektierte. Keine Menschenseele auf diesem Kartengruß von seinem Sohn.

Na, du rüstiger Frührentner, stand da. *Wollte dir zurufen, dass es mir prächtig geht, mit so einer altmodischen Karte, wie wir sie früher aus den Ferien verschickt haben. Du siehst, ich bin dabei, mich aus der digitalen Welt zu verabschieden. Nicht für immer, keine Sorge, aber es geht auch ohne, zumindest hier in Kanadas Wildnis.*
Maxime

Bernard wunderte sich über diese Karte, über das Mitteilungsbedürfnis seines Sohnes. Ob er das Reiseführerleben lange durchhalten würde? Er blieb vor dem Briefkasten stehen, als wäre es ein mühseliges Unterfangen, ihn wieder zu schließen. Wie unwirklich der grüne See wirkte, wie eine Aussicht, ein Versprechen.

Ah, Sie sind es, Monsieur Vautrot! Die Concierge schoss wie immer aus ihrer Wohnungstür, als wollte sie jedem, der es wagte, das Haus zu betreten oder zu verlassen, Schuldgefühle vermitteln. Wer steht denn da so lange vor den Briefkästen?, hab ich mir gedacht. Man muss ja höllisch aufpassen heutzutage, bei all dem Gesindel. Den Türcode tricksen die aus, glauben Sie mir. Neulich haben sich da welche zu schaffen gemacht. Denen hab ich Bescheid gestoßen, das können Sie sich vorstellen.

Ja, das stellte sich Bernard mühelos vor, wie Madame Brisard ihre Festung verteidigte. Sie regierte das Haus seit vielen Jahren, und da sich Bernard an Weihnachten nie lumpen ließ und sie mit Süßigkeiten und einem geldangereicherten Umschlag bedachte, sah sie über seine Nachlässigkeiten – die abgetretene Fußmatte etwa – hinweg und versorgte ihn mit allen Neuigkeiten. Überdies schien sie Mitleid für ihn zu empfinden, für den gut erhaltenen Witwer, der offenkundig keine Frau mehr abbekam. Oder seine Liebschaften raffiniert vor ihr verheimlichte – was eine Frechheit gewesen wäre.

Haben Sie eingekauft, Monsieur Vautrot? Was soll es denn zum Mittagessen geben? Vergessen Sie nicht, ihre Küchentür gut zu schließen, wenn Sie etwas anbraten. Dieser Essensdunst im Treppenhaus ist unerträglich. Frapparts aus dem Dritten haben neulich Innereien gegrillt, Hammelnieren wahrscheinlich, ein scheußlicher Gestank …

Bernard verabschiedete sich, murmelte etwas vor sich hin, ohne dass sich Madame Brisard dafür interessiert hätte. Gedünstetes Gemüse, sagte er, gedünstetes Gemüse, wiederholte er und nahm sich vor, seine Lammkoteletts besonders scharf anzubraten und die Wohnungstür offen stehen zu lassen. Hammelnieren, auch eine gute Idee. Die Metzgerbrüder würden sich freuen, wenn er die beim nächsten Mal kaufen würde …

Haben Sie einen schönen Tag, Madame. Ich bin in Eile. Er wandte sich dem Aufzug zu und malte sich ihren Gesichtsausdruck aus. In Eile, würde sie denken, was soll ein Weinhändler, der die Dreistigkeit besitzt, sich mit sechzig aufs Altenteil zurückzuziehen, Eiliges zu tun haben. Sein Geld zählen wahrscheinlich. Sie kaufte ihren Wein immer bei Franprix.

13

Weihnachten wäre geschafft, Silvester auch. Er ist froh, diese Tage hinter sich gebracht zu haben. An Heiligabend kommen die Einsamen auf den Friedhof, die es nicht verkraften, die Feiertage ohne ihre Liebsten zu verbringen. Sie stehen lange vor den Gräbern, wissen nichts mit sich anzufangen, legen eine ärmliche Folienblume ab und zögern den Heimweg hinaus.

Bernard hat versucht, die Tage so zu leben, als wären es gewöhnliche Februar- oder Novembertage. Mit seiner Schwester, die sich überraschend ankündigte, hat er die Abende verbracht, ihr geduldig zugehört, als sie vom Ärger mit ihrem Freund erzählte, der unbedingt seine Mutter hatte besuchen wollen. Bernard merkt sich die Namen ihrer häufig wechselnden Gefährten nicht mehr.

Sie spürte seine Gleichgültigkeit, ja, seine Vorbehalte. Bernard, sieh mich nicht so an. Ich weiß, in meinem Alter sollte man weniger flatterhaft sein, aber ich lasse mir nichts gefallen, will jeden Moment auskosten, nicht, dass ich so werde wie du. Irgendwann schleppst du wahrscheinlich eine vermögende Alte an, der du beim Grabplattenputzen hilfst. Damenbesuch gibt's bei mir allerdings nicht, verstehst du. Sie hat aufgelacht und das dritte Glas Wein, einen einfachen Pays d'oc, in zwei Zügen geleert. Dass sie beide Geschwister sind, hätten die wenigsten vermutet.

Die Wolljacke wärmt. Erst nachmittags merkt Bernard in den Wintertagen, wie sich die Kälte in seinen Körper frisst. Mehr als einmal im Monat schafft er es dann nicht, die Nacht auf dem Friedhof zu verbringen, den Füchsen, die sich prächtig vermehren, Gesellschaft zu leisten. Jean-Luc und Alain stehen unschlüssig an der Porte du Repos. Der Direktor habe eine Versammlung einberufen, vermutlich wolle er besprechen, was es in den kommenden Wochen, wenn die Besucherzahlen niedriger seien, zu erledigen gäbe. Die Herbst- und Winterstürme setzen den Gräbern und den Bäumen ordentlich zu, so sehr wie noch nie.

Gleich am Eingang, in der stillen, leicht zu übersehenden Avenue Rachel, die Bernard fast jeden Nachmittag aufsucht, liegen seit Langem umgestürzte Grabsteine, schweres, herabgebrochenes Astgestrüpp hat sich um die spitz zulaufende Grabsäule des Malers Pissarro und seiner Familie verheddert. Jemand hat eine von Rosen eingerahmte Klarsichthülle mit einer unbeholfenen Zeichnung dazugelegt. Der Versuch, eines seiner Bilder nachzumalen, eines, das Bernard besonders mag, den *Boulevard Montmartre an einem Wintermorgen*.

Es sind vor allem Juden, die in der Avenue Rachel liegen, Wertheimers, Rothschilds, Hagnauers, Helbronners, Blums und Levys. Bernard stolpert über den

Namen Getlicherman, seine auf dem Gymnasium und in Colmar erworbenen Deutschkenntnisse lassen ihn erahnen, was er bedeuten mag.

Drei, vier der kleineren Steine sind zersplittert, die Sockel beschädigt, und das Mausoleum der Schauspielerin Rachel, einst eine Berühmtheit wie Sarah Bernhardt, sieht aus, als wäre es mit einem Hammer traktiert worden. Ist es Zufall, dass die Schäden in dieser Ecke so zahlreich sind? Wüten die Stürme hier so kräftig? Als er Alain darauf anspricht, zuckt der mit den Schultern. Das komme in allen Divisionen vor. Verhindern lasse sich das nicht.

Bernard verabschiedet sich, als er den Direktor kommen sieht. Er würde sich gern mit ihm austauschen, doch er will nicht auffallen, nicht als verdächtige Person in sein Visier geraten. Wie so oft in den letzten Wochen steuert er die Arbelots an. Die Fotografin im gelben Mantel, die hat er da gesehen. Er redet sich ein, sich an diese Begegnung, die nur aus einem kurzen Zunicken bestand, zufällig zu erinnern. Was nicht stimmt. Er versteht es, sich selbst zu täuschen, vielleicht als Vorsichtsmaßnahme.

Zwischen den Jahren hat er sie von fern gesehen, glaubt er, wie sie um das Grab des Schauspielers Holgado herumstrich, nach einer Perspektive suchte für ein Motiv. *Delicatessen*, den Film mit ihm mochte Bernard. An Lungenkrebs war Holgado gestorben. Er sei gegangen, wie er gelebt habe, wie ein Engel … was für ein übertriebener Grabspruch. Wie die Nachkommen jedes Maß verlieren in ihrer Trauer.

Die Frau, die Bernard für die Fotografin hielt, interessierte sich dafür nicht. Sie stellte sich auf die Zehenspitzen, als wollte sie Holgados Büste von oben ablichten, seine Halbglatze. Dass dahinter ein Fahrrad aus Stroh klemmte, fast in Originalgröße, ignorierte sie. Eines Morgens stand das Rad einfach da. Warum? Und warum aus Stroh? Gibt es, dachte Bernard, nicht eine Szene in *Delicatessen*, in der Holgado ein Kondom aufbläst und eines mit Fahrradflickzeug ausbessern will? Als er sich dem Grab näherte, verschwand die Frau. Gesehen hatte sie ihn wohl nicht.

Menschen mit Fotoapparaten, das ist nichts Außergewöhnliches auf dem Père-Lachaise. Bernard wischt Taubenkot von Madame Arbelots abgetrenntem Kopf. Er geht weiter, umkreist den *rond-point*. So wenige sind heute unterwegs, dass er jeden Einzelnen begrüßt, einem Mann, der die Porte Gambetta sucht, den Weg weist. Er betreibe eine Arztpraxis für alternative Heilmethoden in Belgien, in Namur, und er sei eigens hergekommen, um Hahnemann aufzusuchen, den Erfinder der Homöopathie.

Bernard kennt die stolze Grabstätte des deutschen Arztes, der seine letzten Jahre in Paris verbrachte. Ein Ort, der seine Verehrer, Homöopathen aus der ganzen Welt, anzieht. Mireille schwor bei Fieberanfällen auf Belladonna-Kügelchen. Hahnemann sei ein großer Mann gewesen, der den Schulmedizinern die Leviten gelesen hat, sagt der Belgier, ehe er in die Avenue Feuillant Richtung Norden einbiegt.

Selbst in Amerika hat man für Hahnemann ein Denkmal errichtet, in Washington, D.C. Bernard ist ihm schon in den ersten Tagen seiner Friedhofsexistenz begegnet. *Ich habe nicht unnütz gelebt*, sein Latein reicht aus, um die Inschrift zu verstehen. Nicht unnütz gelebt zu haben ... Hahnemann ist sich seiner Sache sicher gewesen. Bernard kennt die Maßstäbe für ein nützliches Leben nicht. Dass er gerne lebt, das weiß er, die letzten Jahre haben, auch wenn er sich wie ein Außenstehender vorkommt, daran nichts geändert, im Gegenteil. Hahnemanns zweite Ehefrau war über vierzig Jahre jünger als er. Wahrscheinlich hatte er auch dafür die richtigen Pillen parat. Mélanie sei die Liebe seines Lebens gewesen, große Worte.

Bernard biegt in den Chemin du Dragon ein. Er hört ein Rufen, das wie ein Ächzen klingt. Eine Frau ruft da, sie liegt vor Hahnemanns Grab, nicht irgendeine Frau, das erkennt Bernard sofort, als er zu laufen beginnt und einen gelben Mantel sieht, schulterlanges, zerzaustes Haar und weiße Turnschuhe. Madame, was ist passiert? Kann ich Ihnen helfen? Bernard ist außer Atem, seine täglichen zwanzigtausend Schritte legt er normalerweise gemächlicher zurück. Sie setzt sich auf, mustert ihn kurz, fast so, als habe er Schuld an ihrer Lage, vielleicht erkennt sie ihn wieder, sie hält sich das rechte Schienbein und flucht vor sich hin. Sehen Sie nur, was passiert ist! Hingeschlagen hat es mich, weil ich an diesem blöden Stück Eisenzaun hängengeblieben bin, ein unterbrochener Zaun, eine Ziergirlande, was für eine Schnapsidee. Zum Glück hat meine Ausrüstung nichts abbekommen. Ich wollte die Buchstaben von *MELANIE* einzeln fotografieren, bis zum L bin ich gekommen, verdammter Mist.

Sie stemmt sich hoch, ihr linker Handballen ist aufgeschürft und der gelbe, nein, ockerfarbene Mantel mit Schlammspritzern übersät. Wie eine Trophäe reckt sie ihre Fototasche in die Höhe und stellt sie im Kies neben sich ab. Zögernd nimmt sie Bernards Hand an, lässt sich von ihm aufhelfen. Sie stöhnt, was sie jedoch nicht davon abhält, weitere Tiraden loszuwerden. Ich sollte mich auf Porträtfotos beschränken, Hochzeitsgesellschaften im Nullachtfünfzehnverfahren ablichten, sie mit *Cerise-cerise*-Rufen zum Lächeln animieren. Mehr Geld verdient man damit auch.

Dass Bernard neben ihr steht, nimmt sie kaum wahr, als sie, sich das Schienbein haltend, in der Senkrechten balanciert. Und was machen Sie hier? Sind Sie einer von denen, die diesen Hahnemann bewundern und zu keinem richtigen Arzt gehen? Ach, verzeihen Sie, ich rege mich über meinen Sturz auf, das hat mir heute noch gefehlt. Hahnemann scheint ja kein schlechter Typ gewesen zu sein, der hatte was auf dem Kasten. Und an der Liebe zu seiner Mélanie scheint was dran gewesen zu sein. Wahnsinnig jung war die, zumindest im Vergleich zu ihm. Sollte man einen Roman drüber schreiben.

Bernard beschränkt sich darauf, zuzuhören und ihren Arm zu halten. Ihre Jeans hat Schaden genommen, ein Stein sich in den Stoff gebohrt. Sie streicht mit der Hand über das lädierte Hosenbein. Bernard sieht ihr zu, ihre Haare wirbeln um ihren Nacken, so ruckartig wirft sie den Kopf hin und her. Sie ist älter, als er gedacht hat, Ende dreißig vielleicht. Sie bewegt sich trotz ihres Sturzes unruhig, bis sie mit einem Mal innehält. Ihr Blick gleitet auf ihre Schuhe und dann hinüber zu Bernard. Hab ich Sie nicht schon mal gesehen? Sie lacht auf, die Zornesfalten auf ihrer Stirn verziehen sich. Eine Superanmache, oder? Und das mitten auf dem Père-Lachaise. Kennen wir uns nicht von irgendwoher? Das hätte ich auch sagen können, oder?

Ja, antwortet Bernard verlegen. Ja, wir haben uns schon mal gesehen, vor Wochen, nein, ich hab Sie schon mal gesehen. Drüben bei den Arbelots, noch ein Liebespaar, davon gibt es ja genügend hier. Sie waren aber ganz vertieft in Ihre Arbeit … Geht es denn mit Ihrem Bein? Soll ich unten in der Verwaltung Bescheid sagen, nach einem Arzt fragen? Falls Sie mit dem Gehen Probleme haben …

Die Frau stößt seinen Arm mit demonstrativer Entrüstung weg. Sind Sie denn bei Trost? Meinen Sie, ich bin aus Zucker? Was glauben Sie, wie oft ich schon hingefallen bin, wenn ich mich wegen irgendeines Motivs verrenken musste? Aber wenn Sie nichts Besseres zu tun haben, dann begleiten Sie mich zum Ausgang, zur Metro. Ich hab nur drei Stationen zu fahren. Dann leg ich mein Bein hoch.

Sie hängt sich bei Bernard ein und versucht ihr Humpeln zu überspielen, als sie gemächlich Richtung Porte des Amandiers gehen. Er blickt sich unauffällig um, erleichtert, niemanden zu sehen, weder Jean-Luc noch Alain oder einen der neugierigen Pèrelachaisiens.

14

Auf den Straßen herrschte Unruhe. Autos bremsten abrupt, hupten, Passanten riefen sich etwas zu. Bernard hatte nichts Großes vorgehabt an diesem Tag. Am späten Vormittag war er aufs Amt gegangen, um seine *carte d'identité* zu erneuern. Nun stand er an der Kreuzung Rue Francœur / Rue Caulaincourt, unschlüssig, ob er einkehren, eine Kleinigkeit essen sollte, dann wäre diese Frage für heute gelöst, und abends reichte ihm ein Stück Käse. Windböen kamen von allen Seiten, laut Wettervorhersage würde bald Regen aufkommen, Schnee vielleicht, was selbst im Januar in Paris selten vorkam.

Er schlug seinen Mantelkragen hoch, ging am Place Jean Gabin vorbei und betrat ein Eckbistro, in dem er zuletzt wohl vor zehn, zwölf Jahren gewesen war. Drinnen lief in voller Lautstärke ein Fernseher, um den sich alle drängten, kaum jemand saß, niemand nahm Notiz von Bernard. Eine schrille Reporterstimme, Polizisten in voller Montur, Krankenwagen, abgesperrte Straßen. Er verstand nichts, der Fernseher, das aufregte Gerede im Bistro, panische Gesichter.

Er beugte sich zu einem der Kellner hinüber. Was denn passiert sei? Warum da überall Polizisten herumstünden? Bernard erhielt nicht sofort Antwort. Erst nach gut einer halben Minute wandte sich der Kellner ihm zu. Ein Attentat, die Zeitung, Tote, es hat Tote gegeben, *Charlie Hebdo*, eine Redaktionssitzung, im Elften, Sturmgewehre, Terror, die Islamisten ... der junge Mann schrie ihm Wortfetzen zu, als hätte er es mit einem Schwerhörigen zu tun, und packte ihn am Arm, mit der rechten Faust dem Fernseher drohend. Draußen, die Eingangstür stand weit offen, rasten Polizeiwagen mit Sirenengeheul im Konvoi vorbei, Richtung Boulevard Barbès. Eine Frau brach auf dem Trottoir zusammen, heulte auf, tröstete ihren Hund.

Bernard machte auf dem Absatz kehrt. *Charlie Hebdo*, ja, er kannte die Zeitschrift, las sie hin und wieder, in der Bibliothek lag sie aus. Hunger verspürte er keinen mehr. Er beschleunigte seinen Schritt, als würde er verfolgt, vertippte sich beim Türcode und wollte auf keinen Fall Madame Brisard über den Weg laufen. Aus ihrer Wohnung dröhnte das Radio, lauter als sonst. Er ließ den Aufzug links liegen, nahm zwei Treppenstufen auf einmal und kam keuchend im dritten Stock an. Er schloss die Tür hinter sich, legte beide Riegel vor, presste seine Stirn gegen das Holz und atmete schwer.

Bernard verbrachte den ganzen Tag vor dem Fernseher, ab und zu schaltete er das Radio an oder trat auf seinen Balkon, als erwartete er einen Polizeiwagen mit Lautsprecherdurchsagen oder einen Herold wie im

Mittelalter, der die Bevölkerung über die Geschehnisse unterrichtete und davor warnte, das Haus zu verlassen.

Stück für Stück fügten sich die Ereignisse zusammen. Ein islamistischer Anschlag, zwei Täter, die in die morgendliche Redaktionskonferenz gestürmt waren, in der Rue Nicolas-Appert, die Bernard nicht kannte. Über ein halbes Dutzend Tote, das schien festzustehen, Redakteure, Zeichner. Bernard lauschte den Mutmaßungen der Kommentatoren, den Analysen, sah den Ort des Anschlags aus verschiedenen Perspektiven.

Erst am frühen Abend schaltete er alle Geräte ab und schloss die Fenster. Er dachte an New York, an den September vor ungefähr fünfzehn Jahren. Nun war der wahllose Terror in Paris angekommen. Wer kämpfte da gegen wen, bis hin zum gemeinen Mord? Bernard verstand die Fronten nicht, den religiösen Eifer. Er war kein gläubiger Mann, zumindest keiner, wie ihn sich Mireilles Mutter gewünscht hätte. Er kannte die Karikaturen aus *Charlie Hebdo*, bei einigen zuckte er unwillkürlich zusammen, das Verspotten religiöser Überzeugungen ging ihm manchmal zu weit, doch gleichzeitig war er froh, dass den Kirchen in diesem Land keine Sonderrechte eingeräumt wurden.

Bernard schloss die Augen, dachte an das Interview mit einer hemmungslos weinenden Frau, einer Angehörigen, das vorhin auf *France 2* gelaufen war. Ihr Mann, ihr Freund war nicht für eine gute Sache gestorben, wenn man überhaupt für eine gute Sache sterben konnte. Krankheit, Altersschwäche, Unfall, das musste man akzeptieren, das hier nicht.

Am späten Abend meldete sich Christophe, aufgewühlt und in Sätzen, die er nicht zu Ende brachte. Die Attentäter seien entkommen. Er wisse weder ein noch aus. Das würde immer weiter so gehen, gerade in Paris. Vergeltungsschläge, die Vergeltungsschläge nach sich zögen. Immer das gleiche schreckliche Spiel.

Sie verabredeten sich für einen der nächsten Tage. Bernard hielt das Telefon in der Hand, Minuten später noch, nachdem sich Christophe verabschiedet hatte. Er fahre zum Tatort, obwohl er da nichts zu suchen habe. Das werde nicht der letzte Terroranschlag bleiben. Bernard wusste nichts darauf zu erwidern. Bis übermorgen.

Er ging langsam und verloren in die Küche zu seinem Weinregal, das eines Fachmanns unwürdig war. Rotwein, vierzehn Prozent, Cahors. Er trank ein erstes Glas im Stehen. Er sollte Maxime eine Nachricht schreiben. Vielleicht sorgte der sich um ihn.

15

Dass er oft an sie dachte, das würde er nicht zugeben, vielleicht auch nicht sich selbst gegenüber. Gut eine Woche ist es her, dass er dieser Frau, der Fotografin, wiederbegegnet ist, nach ihrem Sturz. Wie es sich gehört, hat er sie die Metrotreppen hinuntergeführt, darauf achtend, ihren bei ihm eingehängten Arm nur sanft zu berühren. Kaum hatten sie das Gleis erreicht, fuhr die Linie 3 ein, Richtung Pont de Levallois Bécon. Sie löste sich von ihm, bestieg vorsichtig den Waggon und winkte ihm zu. Er verstand ein »Wir sehen uns ja bald wieder«, ehe das Signal ertönte und die Tür sich schloss. Er blieb regungslos stehen, ein paar Minuten, bis die nächste Bahn einfuhr. Nach drei Stationen, meinte er sie sagen zu hören, müsse sie aussteigen, an der Station République also.

Nein, reden wird er darüber mit niemandem, mit wem auch, die Zahl der Gespräche, die er im Lauf einer Woche führt, kann er an einer Hand abzählen, es sei denn, seine Schwester ist ausnahmsweise in der Stadt und macht ihm gleich morgens Vorhaltungen. Was gäbe es zu sagen? Dass man sich bald wiedersehe, das hat sie ihm zugerufen. Glaubt er. Je häufiger er sich den Moment vor Augen führt, desto unsicherer wird er. Wenn sich die Metrotüren schließen und die Letzten versuchen sich mit einem Satz hineinzuzwängen, geht es laut zu. Natürlich hat er nicht nach ihrem Namen gefragt. Sie wollte seinen auch nicht wissen. Es wäre ihm aufdringlich erschienen. Seine Schwester hätte anders reagiert, auf jeden Fall, und jedem x-Beliebigen ihre Handynummer aufgedrängt. Wie geht seine überhaupt? Er müsste im Portemonnaie nachsehen, auf einem Zettel hat er sie notiert.

Ein kalter Tag, ein sonniger Tag. Vor ihm springen zwei Kinder, zehn oder zwölf vielleicht, eine der steilen Staffeln hinauf und gleich wieder hinunter. Die Mutter – oder Nanny – sieht ihnen zu, in Gedanken woanders. Bernard hat sich an den Anblick herumtollender Kinder gewöhnt. Zu Anfang störte er sich daran, fand es unpassend, Kinder überhaupt mit auf den Friedhof zu nehmen. Inzwischen denkt er anders darüber. Wahrscheinlich ist es gut, ihnen den Tod nicht zu verschweigen, nicht so zu tun, als hätte er mit ihnen nichts zu tun, als beträfe er sie nicht. Spätestens wenn die Großeltern sterben, werden sie mit ihm konfrontiert, mit dem gnadenlosen Tod.

Die Kinder des Direktors wachsen sogar auf dem Friedhof auf. Drei seien es, so Gaétan, überraschend wohlerzogene Exemplare, die jedes Mal grüßen. Wie es wohl ist, fragt sich Bernard, wenn sie in der Schule ihre Adresse angeben müssen, die Adresse des Friedhofs: 16, Rue du Repos? Schnitzeljagden bei Geburtstagsfeiern sind ausgeschlossen, zum Versteckspielen lädt der Friedhof allerdings ein. Gern würde er sich mit dem Direktor darüber unterhalten.

Er fühlt sich angespannt, unausgeglichen und kann sich nicht aufraffen, seinen Tagesplan zu erfüllen. Zu weit kommt ihm der Weg vor bis zur nördlichen Mauer, bis zur neunundachtzigsten Division, bis zum Familiengrab der Chaptals. Er hat sich vorbereitet, wollte seinen kulinarischen Notizen einen neuen Namen hinzufügen: den Chemiker Jean-Antoine Chaptal. Ihn kennt er aus dem Studium. Wer sich mit der Geschichte der Weinherstellung befasst, kommt an ihm schwerlich vorbei.

Sofern sich Bernard richtig erinnert, tauchte er sogar in einer mündlichen Prüfung auf. Was man unter »chaptalisieren« verstehe. Gestern Abend hat er zur Sicherheit nachgeschlagen, die Studienzeit liegt lange zurück. Dem Traubensaft bei der Gärung Zucker zuzuführen, um den Alkoholgehalt zu erhöhen, um schwachen Jahrgängen sozusagen auf die Sprünge zu helfen. Eine Methode, die keinen guten Ruf genießt. Von Zucker im Wein wollten seine Kunden nie etwas wissen. Immerhin hat man es als Wissenschaftler zu etwas gebracht, wenn ein Verfahren nach einem benannt wird: chaptalisieren nach Chaptal. Nicht so verbreitet wie »röntgen«, aber besser als nichts. Ein »vautrotisieren« wird es nie geben, da braucht er sich keine Hoffnungen zu machen. Was sollte das auch sein? Das Herumlungern auf einem Friedhof, das Sich-Verabschieden von der Welt zu Lebzeiten? Auch wenn der Begriff sich nicht durchsetzen wird, hat er das Gefühl, mit dem Verlangen zu vautrotisieren nicht allein zu sein.

Abhandlungen hat Chaptal geschrieben, Ehrungen erhalten, als Minister amtiert … und dennoch ist er verarmt gestorben, kurz nach der Julirevolution von 1830. Er liegt in einem Familiengrab mit etlichen anderen Chaptals. Bernard hat sich vorgenommen, es noch einmal aufzusuchen, doch ihm fehlt die Energie dazu, der Weg kommt ihm beschwerlich vor. Er nimmt auf einer Bank Platz, deren Latten prompt bedenklich knacken. Solarbänke soll es bald geben, hat ihm Alain stolz erzählt, mit Handyladestationen und Internetzugang. Vielleicht wäre es vernünftiger, zuerst die morschen Bänke instand zu setzen.

Wie sie wohl heißt? Émilie, Marie vielleicht oder Virginie? Keiner der Namen überzeugt ihn. Wahrscheinlich kommt sie nur alle paar Monate hierher, andererseits wirkte sie, als hätte sie einen Auftrag zu erfüllen, eine Fotoserie zu machen. Bernard kaut lustlos an einem Schokoriegel, der Krähen anlockt, die sich mit ihrem schwarzen Gefieder wie Wappentiere des Friedhofs aufspielen. Totenvögel. Ein auf einer Stele oder einem Sarkophag herumtrippelndes Krähenpaar – ob das für Émilie oder Virginie ein Motiv wäre? Wohl kaum, wer einzelne Buchstaben fotografiert, begnügt sich nicht mit banalen Rabenvögelschnappschüssen. Bernard würde sie gern ausfragen. Wozu er ihr freilich begegnen müsste, auf diesem viel zu großen Gelände.

Die Schokomasse, leider mit Kokos, das er nicht mag, klebt ihm an den Zähnen. Er lässt sich treiben, landet wieder bei den Arbelots und bei Hahnemann, ärgert sich über seine Einfalt. An den Ort ihres Unfalls würde sie sicherlich nicht gleich wieder zurückkehren. Dennoch kniet er sich vor Mélanies Schriftzug, ein Objektivdeckel könnte da liegen, ein Stofffetzen, irgendwas. Er ruft sich zur Ordnung … reiß dich zusammen, Bernard … Steinchen haben sich in seine Handballen gegraben.

Er geht weiter, schneller als sonst, will nicht vor Hahnemanns Grab gesehen werden, biegt ab in die Avenue de la Chapelle, wo linker Hand eine eigentümliche Kapelle ins Auge springt. Ihr Giebel ist mit dem Relief eines Pelikans, der seine Brut füttert, verziert. Doch es ist keine Gedenkstätte für einen Tierforscher oder Zoodirektor. Auf einem Altar steht eine mächtige schwarze Kamera, davor verstreute Filmdosen auf dem Boden. Hier liegt kein Toter, hier hat einer sich zu Lebzeiten einen Spaß erlaubt, ein Fotograf namens André Chabot, der Bücher über Friedhofserotik veröffentlicht hat. Womit sich Menschen so beschäftigen.

Bernard hat sich kundig gemacht, wollte anfangs nicht glauben, dass es erlaubt ist, einen Grabplatz noch vor seinem Tod einzunehmen. Über hunderttausend Fotos von Gräbern soll Chabot gemacht haben. Rechts am Kapelleneingang klebt eine Art Code. Bernard weiß nicht, was es damit auf sich hat. Vermutlich lassen sich darüber mit dem Mobiltelefon Informationen abrufen, aber wie bekommt man das hin? Er steht unwillig vor der Kapelle, vor der sich vor allem an Wochenenden junge Leute versammeln. Sie hantieren amüsiert mit ihren Handys, lassen sich vor dem schwarzen Apparat fotografieren.

Na, Monsieur, das hab ich mir gedacht, dass Sie beim Kollegen Chabot vorbeischauen. Raffiniert sind Sie, keine Frage, da erwischen Sie mich, haben Sie sich überlegt, aber mit dem QR-Code können Sie nicht umgehen, stimmt's?

Er hat sie nicht kommen hören. Sie greift nach ihrem Handy, scannt den Code, und schon öffnet sich eine Website mit dem Gesicht eines eleganten Mannes mit längerem weißen Haar. Viel älter ist der als ich, denkt Bernard und streckt ungeschickt seine Hand aus. Sie beachtet sie nicht und umkreist Chabots Kapelle, wohl auf der Suche nach einer ungewöhnlichen Perspektive, während sie Bernard das Handy reicht. Schauen Sie sich diesen Chabot ruhig an.

Wie es ihrem Bein gehe, will er fragen, doch er kommt nicht dazu. Sie redet auf ihn ein, fast so, als würde sie sich freuen, ihn wiederzusehen. Wieso er schon wieder auf dem Friedhof herumstreune? Ob er keiner Arbeit nachgehe, für einen Rentner sei er ein bisschen jung? Oder vielleicht sei er ja ein reicher Erbe, was nicht zu verachten sei, und stimme sich auf seinen Lebensherbst ein. Wenn er nichts zu tun habe, genau so sähe er aus, könne er sie begleiten, sie brauche einen Schwung origineller Motive, nicht das übliche Zeug. An Fotobänden, an Postkarten mit Père-Lachaise-Einerlei gebe es keinen Mangel. Den Chabot hab ich im Kasten, das hat der gut hinbekommen, oder? Wird eine Stange Geld gekostet haben, sein Product-Placement auf dem Friedhof …

Bernard lässt seine Hand, die sie ignoriert hat, wie ein feuchtes Geschirrtuch fallen. Was für eine Idee, diese überschäumende Frau wie eine Bankangestellte begrüßen zu wollen. Ja, sagt er, ich habe keine Termine heute, also Zeit. Ich habe nie Termine, immer Zeit, denkt er. Überfordern will er diese Frau, deren Namen er zu gern wüsste, nicht.

Dann mal los, solange die Sonne scheint. Sie schultert ihre Fototasche. Sie trägt wieder den ockerfarbenen Mantel, keine Jeans heute, ein knielanges dunkelblaues Kleid mit weißen Tupfen. Keine Strümpfe, sie hat tatsächlich keine Strümpfe an, ihr muss kalt sein, wo er heute Morgen eigens seinen Pullunder angezogen hat.

Er ist einen Schritt hinterher, sie geht zügig voran, die Tasche baumelt vor seiner Brust, am Riemen ist ein längliches Schild eingenäht. Zum Glück sind seine Augen noch in Ordnung. So heißt sie also, er senkt unauffällig den Kopf, um die Blockbuchstaben zu entziffern … Aurélie, ja, Aurélie … und weiter … der Nachname ist kompliziert, die Tasche schlingert zu stark … Watteau? … nein … Wattelier! Ja, so, Aurélie Wattelier! Er beißt sich auf die Lippen, um nicht laut auszurufen: Aurélie Wattelier! Als sei es ein Wunder, dass diese Frau einen Namen hat. Sie wirft ihr Haar zurück, die Tasche wippt mit, schlägt ihm mit voller Wucht ins Gesicht. Er taumelt, bleibt an einem unebenen Pflasterstein hängen, stürzt zu Boden, fällt auf die Knie, versucht sich abzurollen und bleibt schließlich wie ein Maikäfer am Randstein liegen.

Aurélie hat davon nichts mitbekommen, erst sein

Aufprall und sein Aufstöhnen lassen sie innehalten. Sie dreht sich wie eine Ballerina auf den Zehenspitzen um und sieht ihn entgeistert an. Was machen Sie denn da unten? Müssen Sie mir alles nachmachen? Das ist ein Witz, ich bin wenigstens bei der Arbeit gestolpert, und Sie kippen mir nichts, dir nichts um. Hören Sie auf zu jammern. Ich helfe Ihnen ja, meine Güte. Sie zieht ihn hoch, klopft Erdklümpchen von seiner Windjacke. Man könnte meinen, hier wird ein Film gedreht. Spielen wir *caméra cachée*, oder was?

Bernard möchte davonlaufen. Oder im Boden, im nächstbesten Grab versinken. Madame Watteau, verzeihen Sie, ihre Tasche, mein Gesicht … und plötzlich war das Gleichgewicht weg … Watteau? Wie kommen Sie darauf? Seh ich so aus? Knapp daneben ist auch vorbei. Wattelier heiß ich, Aurélie Wattelier, wenn es Ihnen recht ist. Und Sie? Ich finde, zwei Gestürzte wie wir sollten sich namentlich bekannt sein, meinen Sie nicht?

Bernards Ärmel hat etwas abbekommen. Vielleicht ist da Blut dran. Was ihm gleichgültig ist. Natürlich, Madame Aurélie, selbstverständlich … Ich heiße Vautrot, Bernard Vautrot, genauer gesagt. Er verbeugt sich und weiß im selben Moment, wie albern es ist, sich schmutzbesudelt zwischen Gräbern stehend mit einer Verbeugung vorzustellen. Er ist Umgang mit Menschen und vor allem mit Frauen nicht mehr gewohnt. Für ein Gespräch mit Friedhofswärtern reicht es, für mehr nicht.

Aurélie hat ihren Spaß mit ihm. Sie lacht dröhnend

und verbeugt sich ebenfalls. Großartig, Bernard, nein, Monsieur Bernard, das nenn ich formvollendet, wunderbar. Bei den Typen, die mit mir im Atelier herumhocken, kann ich froh sein, wenn sie mittags ein Guten Morgen zwischen den Zähnen hervorpressen. Irgendwo hinter einer der Akazien ist eine Kamera versteckt, ich weiß es ganz genau!

Hast du dich verletzt? Sie begutachtet seinen Arm, fordert ihn auf, drei Kniebeugen zu machen und auf einem Bein zu stehen. Bernard gehorcht klaglos. Dass sie ihn duzt, das hat er bemerkt. Soll er jetzt Aurélie sagen zu ihr? Er kennt sie doch gar nicht. Geht schon, sagt er leise, bin nicht aus Zucker.

Sie geht jetzt hinter ihm, als wollte sie seine Bewegungsfähigkeit kontrollieren. Schaffst du es? Ich will nach oben, die Avenue Greffulhe hoch, einverstanden? Ihre Frage erwartet keine Antwort. Wegen Balzac, Apollinaire & Co. sind wir ja nicht hier. Apollinaire, fragt er sich, wer war das noch gleich? Zielstrebig schlängelt sie sich die verzweigten Wege entlang. Sie kennt sich aus, fast so gut wie er. Ihm wird heiß, vielleicht wäre der Pullunder nicht nötig gewesen. Sie passieren eine Gruppe Japaner oder Koreaner, deren Anführer eine orangefarbene Tafel hochhält und irgendetwas über Édith Piaf erzählt, natürlich. Einfach weitergehen, sonst müssen wir sie fotografieren, zischt Aurélie ihm zu, schnell überholen, falls du das hinbekommst.

Zehn Minuten später stehen sie in der fünfundneunzigsten Division vor einem Grab, das Bernard nicht kennt. Was ihn beschämt und ärgert, als würde ihm jemand vorwerfen, nicht alle Ecken zu kennen. Weißt du, wer da liegt? Es steht ja auch da: Tignous, der Karikaturist, der 2015 niedergemetzelt wurde, beim Anschlag auf die *Charlie-Hebdo*-Leute, du erinnerst dich hoffentlich. Bernard schweigt, während Aurélie Zigarettenkippen von der Grabplatte fegt. Er erinnert sich gut, sehr gut. Ich war, fährt Aurélie fort, damals auf seiner Trauerfeier in Montreuil. Vier Kinder hat er gehabt, vier Kinder. Sein Sarg war über und über mit Karikaturen bemalt, ein Trompeter hat gespielt. Ich heul nicht so leicht, Bernard, das darfst du mir glauben, aber damals ... Die Menschen haben sein Grab anfangs mit Blumen überschüttet, als ließe sich damit etwas gutmachen. Bernard sieht, dass ihre Augen einen feuchten Glanz bekommen. Auf der Marmorplatte klebt eine seiner Zeichnungen, dahinter steht ein Tontopf mit Buntstiften.

Aurélie starrt auf den Grabstein, greift nach Bernards Hand. So stehen sie einen Moment lang da, bis sie sich schüttelt wie ein nasser Hund. Schluss jetzt, ich muss den Schatten fotografieren, den der Stein auf die Platte wirft. Bei diesem Licht ist das ideal.

Er sieht ihr zu. Es kommt ihm vor, als wären sie vertraut miteinander, als würden sie jeden Tag gemeinsam nach Motiven ausspähen. Sie bückt sich, verrenkt sich, um die Kamera in die richtige Position zu bringen. Ihr Haar, immer wieder ihr Haar, es wirbelt umher, umspielt mal ihren Nacken, fällt ihr mal ins Gesicht, dann nimmt sie es in beide Hände und bindet es zu einem

Pferdeschwanz zusammen. Eine Familie – Deutsche, sicher Deutsche – passiert Tignous' Grab, wundert sich, welche Aufmerksamkeit es auf sich zieht. Wer hundertfach fotografiert wird, muss ein VIP sein. Sie blättern aufgeregt in ihrem Friedhofsführer, der sich darüber auszuschweigen scheint. Tignous, einer von den ermordeten Zeichnern, damals vor drei, vier Jahren – der Name ist Bernard wieder präsent. Damals hat er alles über die Toten nachgelesen, sich ihre Karikaturen angesehen, Bücher von ihnen gekauft, damals, als er …

Aurélie gibt Laute von sich, die nach Zufriedenheit klingen. Sie hat den Schatten hinbekommen, prüft das Display ihrer Kamera. Das könnte was sein, Bernard. Wie geduldig du hier stehst, da hab ich mir einen passenden Begleiter ausgesucht. Männer sind meistens unruhige Geister, die nicht warten können, da bist du offenbar eine andere Nummer. Wird man als Friedhofsdauergast automatisch so? Das musst du mir bei Gelegenheit erzählen. Ach ja, leidest du sehr unter deinen verheerenden Sturzverletzungen? *Die Niedergestreckten vom Père-Lachaise* – wäre das nicht ein guter Film- oder Romantitel? Na ja, wir arbeiten dran.

Sind Sie … bist du fertig, Aurélie? Dann lass uns, wenn du magst, ein Stück weitergehen, zu einem, den du vermutlich nicht kennst, Monsieur Jean-Antoine Chaptal, den wollte ich heute ansteuern. Er liegt da hinten in der Neunundachtzigsten. Chaptal? Ein Regisseur? Aurélie schüttelt den Kopf. Nie gehört. Erzähl mir von ihm.

Bernard sieht in ihre dunklen, dunkelbraunen Augen, die Neugier verraten. Er beginnt zu erzählen, während sie in die menschenleere Avenue Carette einbiegen. Von seiner Beschäftigung mit toten Wein- und Senfherstellern, von seinem Nachschlagewerk, das er Abend für Abend ergänzt. Und davon, was er in seinem früheren Leben gemacht hat. Um ein Haar von Maxime und Mireille – wenn ihm das nicht unpassend erschiene.

So viele Sätze am Stück hat er seit Wochen nicht mehr von sich gegeben. Es tut gut. Seine Schulter schmerzt, das wird vergehen. Überhaupt ist er froh darüber, keine gesundheitlichen Probleme zu haben und Aurélie gegenüber keinen angeschlagenen Eindruck zu machen. Ein Leistenbruch vor ein paar Jahren hat ihn kurzzeitig außer Gefecht gesetzt, ab und zu eine Erkältung, ansonsten ist er bisher unbeschadet durchs Leben gekommen. Dass er mindestens zwanzig Jahre älter als Aurélie ist, das lässt sich nicht leugnen. Ist sie älter als Maxime? Er versucht seinem Erzählton mehr Feuer zu verleihen und strafft seinen Oberkörper, als sie am Grab der Chaptals ankommen.

Aurélie scheint davon nichts zu bemerken. Sie blickt enttäuscht um sich. Na, viel macht dein Weinmitzuckerversetzer aber nicht her! Immerhin steht sein Name ganz oben, ein *comte* war er sogar. Aurélie prüft die anderen Namen, ein gutes Dutzend, die letzte Angehörige ist 2003 gestorben. Eine verflochtene Sippe, ruft sie aus, das wäre mit meiner mickerigen versprengten Familie nicht hinzukriegen. Ein Platz ist da unten rechts noch frei bei den Chaptals. Sie fotografiert das

Grab, aus Höflichkeit vermutlich, und sieht Bernard dann unmittelbar ins Gesicht. Und was machen wir nun mit dem angebrochenen Tag? Verlassen wir das Totenreich und gehen was trinken?

Bernard fühlt sich übertölpelt. Ich gehe ehrlich gesagt erst raus, wenn der Friedhof schließt, also um sechs. Manchmal … ja, manchmal, ja, bleib ich über Nacht. Aurélies Augen weiten sich. Bernard weiß, dass die nächsten Sekunden entscheidend sind. Du verbringst manchmal die ganze Nacht auf dem Friedhof … Hab ich das richtig verstanden?

16

Er las alles, was ihm zu den Anschlägen in die Hände fiel, und ließ keine Nachrichtensendung aus. An den ersten Tagen setzte er keinen Fuß vor die Tür, blieb in Pyjama und Morgenmantel und ernährte sich von dem, was das Tiefkühlfach hergab. Sein Vorrat an *hachis Parmentier* reichte für eine Weile. Er schickte Maxime eine E-Mail und telefonierte mit Christophe, den zu treffen er hinauszögerte. Als vom Tod der Attentäter bei einem Schusswechsel im Norden von Paris berichtet wurde, empfand er kaum Genugtuung. Für die Hinterbliebenen mochte das eine gute, tröstliche Nachricht sein, für ihn spielte es keine Rolle. Christophe hatte recht, die Reaktionen des Staates würden weitere Anschläge oder Überfälle nach sich ziehen.

Bernard blätterte in einem Fotoalbum, das er vor dreißig, nein, vierzig Jahren angelegt hatte. Mehr als zwei Dutzend Bilder klebten darin nicht, er hatte die Lust am Fotografieren schnell verloren. Da streifte er als junger Mann, der gerade mit Hängen und Würgen sein Abitur geschafft hatte, über einen Marktplatz in Südfrankeich, bei einer Autoreise quer durchs Land, die er mit einem Freund unternommen hatte, mit Zelt und Gaskocher. Und da saß seine erste Liebe, eine Krankenschwester aus Dijon, auf der Stoßstange ihres klapprigen Renault. Lange hatte das nicht gehalten. Sie wolle ihren Freund nicht verlassen, ihr Leben nicht auf den Kopf stellen, das könne sie nicht. So verabschiedete sie ihn schnörkellos. Als er Jahre später hörte, dass die Beziehung mit ihrem Freund kläglich in die Brüche gegangen war, verspürte er eine Freude, für die er sich schämte.

Und da stand er auf einer Landstraße vor einem Wahlplakat der kommunistischen Partei, vor dem zuversichtlich-kämpferischen Gesicht ihres Anführers Georges Marchais, und ballte die Faust. Ein lächerliches Foto, dessen Inszenierung ein Spiel gewesen war. Er war nie lautstark für eine Partei eingetreten, ja, es sollte gerechter zugehen auf der Welt, die Korruption ein Ende nehmen und die Vetternwirtschaft in der Politik auch. Daran hatte er geglaubt, daran, dass sich die Gesellschaft zum Positiven entwickeln könnte, nicht zu einem Idealstaat, zu einem klassenlosen System. Mitterrands Wahl, die war ein Lichtblick gewesen, einer, der im Lauf der Zeit verblasste.

Es klingelte und klopfte. Eine Frauenstimme, die er aus hundert anderen herausgehört hätte. Monsieur Vautrot, sind Sie da? Geht es Ihnen gut? Ich mache mir Sorgen, seit Tagen hab ich Sie nicht mehr gesehen. Brauchen Sie Hilfe? Bernard schleppte sich zur Tür, wollte sie öffnen, als ihm einfiel, dass er die Concierge nicht im Morgenmantel empfangen konnte. Das hätte ihm wochenlanges Gerede eingebracht. Er ließ den Türriegel los und rief laut: Nein, nein, Madame, es ist alles in Ordnung, eine leichte Magenverstimmung, nichts Schlimmes. Die Concierge überhörte seinen Nachsatz und wiederholte das Wort »Magenverstimmung« in einer Lautstärke, die niemanden im Haus unberührt lassen konnte. Einen Tee mache ich Ihnen, einen Kamillentee, ich stelle die Kanne vor die Tür, Monsieur. Und außerdem ist ein Paket für Sie gekommen. Wenn ich es öffnen soll, sagen Sie Bescheid. Danke, Madame, ich hole es, wenn ich mich besser fühle, spätestens morgen.

Irgendwann, dachte Bernard, nein, er hoffte es, würde ihre Berufsgruppe aussterben. Im Elsass kam man auch ohne sie zurecht. Anonyme Hausverwaltungen würden den Job übernehmen. Eine Welt ohne Concierge ... ob das eine bessere Welt wäre?

Er hatte Bücher bestellt, ausnahmsweise über einen Onlinedienst, weil er sich zu schwach fühlte, um in die Buchhandlung in der Rue Lamarck zu gehen, gleich neben dem Sagittaire. Zwei Sachbücher, die vom Ende der Geschichte und vom Ende der Utopien handelten. Er fühlte das Bedürfnis, seiner Erschöpfung, deren Gründe so vager, allgemeiner Natur waren, etwas entgegenzusetzen. Der Anschlag auf die Zeitungsleute war nicht die Ursache seiner Müdigkeit, aber er vergrößerte sie.

Tage später erst raffte er sich auf, die Wohnung zu verlassen. Er schlich an Madame Brisards Überwachungszentrale vorbei; spätestens bei seiner Rückkehr würde sie ihn abfangen, nach seinem Gesundheitszustand fragen und Kommentare zu den Attentaten abgeben. Dass sie immer schon vor diesen Islamisten gewarnt habe und es kein Fehler sei, beim nächsten Mal Marine Le Pen zu wählen. Man sehe ja, wohin das alles führe …

Bernard wollte davon nichts wissen und nichts hören. Er hatte zeitlebens gegen Unrecht aufbegehrt und sich als Demokrat verstanden, zugegebenermaßen auf sehr allgemeine Weise. Ein aktiver Kämpfer war er nie gewesen. Dass es heutzutage darum gehe, einen staatlichen Rahmen zu schaffen, der Gier und Gewalt eindämme, das hatte er vor Jahren einen Politikwissenschaftler, dessen Eltern in der Résistance umgekommen waren, im Fernsehen sagen hören. Eine Anschauung, die Bernard damals nicht gefiel und der er dennoch, je älter er wurde, mehr und mehr zuneigte.

Er wanderte ziellos umher, landete in der Rue des Abbesses und suchte nach Spuren, die der Terror hinterlassen hatte. Scharenweise seien Buchungen storniert worden. Er merkte davon nichts. Die Menschen saßen unter Markisen, gewärmt von Heizstrahlern, und aßen ihr Entrecote, tranken den sauren Landwein, den er früher unter keinen Umständen verkauft hätte, selbst wenn er ihn gratis bekommen hätte.

Alles war wie damals in New York nach dem Einsturz der Twin Towers. Maxime hatte erzählt, dass zwei Tage danach im Norden Manhattans nichts mehr von den Anschlägen zu spüren gewesen sei, allenfalls eine Unruhe und Vorsicht in den Gesichtern. Man habe die Restaurants geöffnet und so getan, als ließe sich New York durch nichts erschüttern. Rückkehr zur Normalität, das sei das Gebot der Stunde, hatte New Yorks Bürgermeister gefordert, das sei die angemessene Reaktion.

Normalität ... was war das? Ein Leben lang hatte er gedacht, ein normales Leben zu führen, ein unbedeutender Weinhändler mit Frau und Kind, der keine extravaganten Hobbys pflegte oder Leidenschaften nachging.

In der Rue des Abbesses legten alle diese Normalität an den Tag, wie eine Trotzreaktion. Wahrscheinlich war das Leben nur auszuhalten, wenn man alles Gemeine und Böse verdrängte, seine Gedanken davon nicht dauerhaft in Beschlag nehmen ließ. Der Mensch war dem Elend nicht gewachsen.

Bernard stand an der Place des Abbesses, vor dem Square Jehan-Rictus. Menschen, junge Menschen vor allem zückten ihre Handys im Sekundentakt, um sich hier vor einer Mauer, der Mur des je t'aime, fotografieren zu lassen. Hunderte von Emailletafeln, auf denen in allen Sprachen der Welt *Ich liebe dich* zu lesen war, sogar in Blindenschrift und Esperanto. Bernard staunte über den fast verzweifelten Willen, an die Liebe zu glauben, und er wusste, dass er selbst dieser Sehnsucht noch nicht abgeschworen hatte.

Vielleicht half die Liebe ja gegen den Niedergang, vielleicht schuf sie Normalität, ermöglichte ein Ausblenden des Niedergangs. Auf einer schmucklosen Häuserwand war eine neue Attraktion hinzugekommen, eine hellblaue Sprechblase mit der Anweisung: *Aimer c'est du désordre … alors aimons!* Die Aufforderung zur Liebe, diesen Zustand der Unordnung, das Aufbegehren gegen eine Welt, die an ihren Ordnungen zugrunde zu gehen schien. Bernard lächelte, zum ersten Mal seit Tagen, und als ihn ein japanisches oder koreanisches Paar aufgeregt bat, sie vor der Liebeswand zu fotografieren, stellte er sich bereitwillig zur Verfügung.

Eine Stunde, länger hielt es Bernard trotzdem nicht aus. Wer am Montmartre wohnte, wusste, welche Gassen man zu gehen hatte, um niemandem zu begegnen. Er hatte genug von dem, was sich hier tat, von dem Sich-lässig-Geben. Er erinnerte sich an die Olympischen Spiele in München. Wie alt war er gewesen, dreizehn? Für den Hürdensprinter Guy Drut, der damals die Silbermedaille gewann, hatte er geschwärmt. Diese Olympischen Spiele, die vom Terror heimgesucht wurden, zu Bernards Empörung, der nicht verstand, dass jemand die Wettkämpfe, seine geliebten Wettkämpfe ins Visier nahm. Ein uralter Funktionär hatte ausgerufen: *The games must go on* … So tun, als ob nichts wär.

17

Es hat sich nichts geändert in den letzten Tagen, denkt er. Er dreht seine Runde, sieht den Arbeitern zu, die versuchen einen Grabstein aufzurichten. Könnten die nicht mal in der Avenue Rachel vorbeischauen? Er hat sich an den ersten warmen Tagen angewöhnt, dort im Schatten seinen Kaffee zu trinken. Die Thermoskanne befüllt er jeden Morgen. Letztlich ist es wie in Venedig, die Touristen beschränken sich auf die sattsam bekannten Pfade und interessieren sich nicht für abgelegene Ecken. Manche Tote sind toter als andere.

Was es koste, sich auf ewig auf dem Père-Lachaise einzumieten, hat Aurélie ihn gefragt, mit Spott in der Stimme, einem ihrer Markenzeichen. Die Tarife kennt er auswendig, weil Besucher gelegentlich danach fragen. Früher wusste er über die Preise seiner Weine bis ins Detail Bescheid, über die verkannten *appellations* und die überschätzten. Das Auskunftsbüro Vautrot hat seine Kompetenz verlagert.

Chère Madame Aurélie, gerne gebe ich Ihnen – falls das für Ihre Zukunftsplanung von Belang ist – Mitteilung darüber, mit welchen Kosten Sie rechnen müssen. Für ein Standardgrab von zwei Quadratmetern für die Dauer von dreißig Jahren hat man rund viertausendfünfhundert Euro zu berappen. Eine *concession à perpétuité*, also ein unbeschränktes Bleiberecht, kostet gut fünfzehntausend Euro. Die Tarife für ein Urnenfach im Columbarium liegen – überlegen Sie sich das! – deutlich niedriger, und wer die Totenasche im Jardin du Souvenir ausstreut, braucht dafür kein Entgelt zu entrichten.

Bernard hat sich verbeugt, um die Seriosität seiner Angaben zu bekräftigen, und Aurélie brach in Gelächter aus. Wunderbar, mein Friedhofsmann, das überleg ich mir. Mit meinen neununddreißig Jahren hab ich so ungefähr die Hälfte des Lebens geschafft, da sollte man strategisch planen, und wenn es morgen stürmt und ein knüppeldicker Ast mich erschlägt, ist es zu spät, und ich schau dumm aus der Wäsche, wenn ich das dann noch kann. So wie dieser Dichter – ich komm nicht auf den Namen –, der Angst vor dem Autofahren hatte und dann mitten in Paris als Fußgänger unter einer Kastanie zu Tode kam. Aber wahrscheinlich, Bernard, findet sich für mich sowieso kein Plätzchen hier. Die, die hier begraben werden wollen, stehen sicher Schlange, prominent genug bin ich auch nicht, aber vielleicht erlebe ich demnächst meinen Durchbruch als Fotografin, und dann bekomm ich später ein mit Filmrollen garniertes Ehrengrab.

Bernard ist gar nicht dazugekommen, ihr zu widersprechen. Dass es, soviel er gehört hat, keine Bevorzugung gebe und dass es nichts nütze, dem Direktor einen Geldumschlag zuzustecken. Aurélie hakte das Thema im Handumdrehen ab und näherte sich auf Zehenspitzen einem Nest, das ein Meisenpaar in der Armbeuge einer Grabfigur, eines sehr wichtigen Militärs des 19. Jahrhunderts, gebaut hatte. Sie wartete, bis die Vögel aufflogen, und fotografierte das verlassene, unscheinbare Nest von allen Seiten.

Vor zwei Tagen ist das gewesen. Es hat sich sehr wohl etwas geändert. Aurélie hat sein Geständnis, sogar Nächte zwischen den Toten zu verbringen, ungläubig lächelnd aufgenommen. Jeder habe seine Abgründe, und es gefalle ihr, wenn ein Mann mit seiner Zeit etwas anzufangen wisse. Langweiler seien das Schlimmste für sie, aber so komme er ihr nicht vor. Sie sei nun zwei Tage verreist, rief sie ihm zu, als sie Richtung Metro losstürzte, Hochglanzfotos für einen Schraubenhersteller, der seine Produkte als Schmuckstücke inszenieren wolle. Ein Brotjob, von Fotos, die Grabnester oder eingefallene Mausoleen zeigen, könne man schwerlich sein Überleben bestreiten. Man sehe sich bald, zum Glück habe er ja keine Probleme, sich selbst zu beschäftigen. Auch das spreche für ihn.

Vor zwei Tagen … dann wäre ja heute der dritte Tag, eigentlich, und sie wieder zurück von ihren Schrauben. Zwei Pferde kommen ihm entgegen, berittene Polizei, unter der vom Astwerk aufgefächerten Nachmittagssonne. Meistens zeige die sich, wenn Gefahr im Verzug sei, wie Gaétan ihm zugeraunt hat. Wenn draußen demonstriert werde und Furcht aufkomme, der Friedhof könne für irgendwelche Auftritte missbraucht werden. Kundgebungen auf dem Père-Lachaise, wogegen auch immer, das bringe unangenehme Schlagzeilen, und Polizisten, die auf schweren Pferden sitzen, haben eine abschreckende Wirkung. Ein Fotomotiv, das für Aurélies Geschmack zu plump wäre. So gut meint er sie zu kennen.

Er nimmt Platz auf einer der Bänke am *rond-point*. Ein Ort, den er eher meidet, aber er will es Aurélie leicht machen, ihn zu finden. Der noch lebende Fotograf Chabot liegt, wenn man das so sagen kann, ganz in der Nähe. Dass sie ihn wiedersehen will, stellt er nicht in Frage. Ein Gefühl, das er für verloren hielt.

Er blinzelt in die Sonne, verspürt das Bedürfnis zu rauchen, ein Zigarillo zu rauchen. Auch ein verloren geglaubtes Gefühl. Vielleicht würde Aurélie ein Zigarillo mit ihm teilen, auf der Bank sitzend abwechselnd daran ziehen. Wenn er Zigarillos dabeihätte. Die letzte Schachtel hat er vor einem Vierteljahrhundert entsorgt, er sieht sich, wie er sie, halbvoll, demonstrativ in den Müll warf, um Mireille zu beeindrucken oder warum auch immer.

Sein Kopf sinkt ihm auf die Brust, er schreckt hoch. Hat er geschlafen? Er schaut sich um. Na, mein Übermüdeter. Hast du nachts keinen Schlaf gefunden, weil du mich vermisst hast? Aurélie sitzt neben ihm, einen ausladenden Filzhut auf dem Kopf, wie man sie in den Souvenirläden bekommt, am Centre Pompidou zum Beispiel. Ob er sie vermisst habe … Sie spricht mit ihm, als würden sie sich seit Monaten kennen, als wären sie enge Verbündete. Und so fühlt es sich für ihn an, während er so tut, als müsste er sich den Schlaf aus den Augen reiben. Nun … vermisst würde ich nicht gerade sagen, aber ich seh dich … ja, es ist schön, dich zu sehen. Nicht, dass ich Abwechslung in meinem Alltag bräuchte, sonst wäre ich nicht hier, aber trotzdem tut das, ja, tut das gut. Lief alles mit deinen Schrauben?

Sie reden miteinander, sie bietet ihm ein *croissant aux amandes* an, das viel zu viele Kalorien habe, aber wen kümmere das? Sie erzählt von ihrem Auftrag, davon, wie sie ihr Leben aufteilt, ihr Doppelleben. Vom guten Geld, das sie verdiene, wenn sie Schrauben oder Dübel fotografiere, manchmal mache sie *food porn* oder arbeite für Autohäuser, die Edelprospekte haben wollen. Und nebenbei treibe sie dies und das, im Moment setze sie sich fürs TEP Ménilmontant ein, das sagt dir was? Eine soziale Werkstätte mit Freizeitangeboten, die drüben auf der anderen Straßenseite entstehen soll.

Und natürlich träume sie davon, mit ihren echten Fotos, also nicht mit dem kommerziellen Zeugs, eine Ausstellung zu machen. Sie kenne da einen Galeristen im Fünften, mit dem sie eine Weile ins Bett gegangen sei, aber sie seien Freunde geblieben, nicht deswegen, eher trotzdem. Ja, er solle nicht lachen, das gebe es. Außergewöhnliche Friedhofsfotos, deswegen sei sie hier und würde, wenn es ihm recht sei, die nächsten Wochen in jeder freien Minute vorbeischauen. Es reize sie, Fotos zu machen von Objekten, die durch- und ausfotografiert seien, wenn er verstehe.

Bernard hört zu, mehr nicht, er hört einfach zu. Was

food porn ist … er wird sie beim nächsten Mal fragen. Aurélie nimmt ihren Hut ab, viel zu warm ist es unter diesem Ding! Setz du ihn mal auf, *made in China, sold in France*. Bernard sträubt sich zum Schein. Sein Kopf ist zu groß. Er fragt, wie man die Farbe nennt. Aubergine, *mon cher*, das sieht man doch. Sie zerrt an der Krempe, ruckelt so lange, bis der Hut irgendwie sitzt. Aubergine, das passt perfekt zu deinen schwarzen Haaren … erstaunlich, dass du noch nicht grau wie ein Esel bist, in deinem – verzeih mir – gesetzten Alter. Sie lacht, lässt ihre Hand auf seiner Schulter liegen. Irgendwo gibt's sicher ein Grab mit steinernen oder bronzenen Eseln, nicht? Das wäre was für mich.

Sie springt auf. Komm, lass uns herumspazieren, dass ich einen Fachmann an meiner Seite habe, muss ich ausnutzen. Jeder von uns darf heute einen seiner Favoriten ins Spiel bringen, einverstanden? Du fängst an.

Bernard zögert, überlegt einen Moment, beschließt, Aurélies Filzhut aufzulassen. Jean-Luc und Alain werden sich wundern, wenn sie ihnen über den Weg laufen. Aber das kümmert ihn heute nicht. Gut, verehrte Schraubenspezialistin … weiter kommt er nicht, sie boxt ihn gegen den Oberarm. Untersteh dich, man macht sich nicht lustig über junge, na, sagen wir, halbwegs junge Frauen, die sich tagtäglich für ihr Auskommen abrackern müssen, weil sie sich für Künstlerinnen halten.

Bernard hält sich den Arm, tut so, als habe er Schmerzen … Gut, gut, verehrte Kunstproduzentin, ich führe Sie zum Grab eines Mannes, dem Frankreich viel zu verdanken hat … Magst du eigentlich *hachis Parmentier*? Davon ernähre ich mich die halbe Woche, natürlich garniert mit gesundem Salat oder wenigstens einer Tomate als Alibi.

Aurélie stemmt die Hände in die Hüfte. Ist das dieser Hackfleischauflauf, den meine Großmutter geliebt und in Wagenladungen zubereitet hat, auf Vorrat, wie sie sagte? Damit brauchst du mir nicht zu kommen, ich steh eher auf Gemüse, Reis und so, vegetarisch, das ist dir ein Begriff, mein Auflaufgourmand? Ich koch dir mal ein Curry à la Wattelier. Obwohl, wenn ich ehrlich bin, sündige ich mindestens alle zwei Wochen, dann muss ich ein blutiges *pièce de bœuf* haben, ein *faux-filet* oder ein *onglet*. Lädst du mich demnächst ein? Du kennst sicher prächtige Fleischlokale. Aber was hat dieses *hachis Parmentier* mit dem Friedhof zu tun? Gibt's irgendwo ein Auflaufehrendenkmal?

Viel besser, erwidert Bernard, der sich an Aurélies Redefluss längst gewöhnt hat. Dass sein letzter Restaurantbesuch über zwei Jahre zurückliegt, traut er sich nicht zu erwähnen. Wir machen uns zu seinem Namensgeber auf, der dir ein Begriff sein sollte, Monsieur Antoine Augustin Parmentier. Er spielt in meiner Sammlung eine wichtige Rolle. Aurélie hört ihm zu, als rätselte sie über seinen Eifer, und tätschelt seinen Hut, den er trägt wie eine Auszeichnung.

Sie gehen hinüber in die Neununddreißigste, wo Parmentier in zweiter Reihe liegt. Der Mann war ein Phänomen, erläutert Bernard, stolz darauf, etwas zu wissen, was sie nicht weiß. Ein Hans-Dampf-in-allen-Gassen oder ein Universalgelehrter, wenn dir das besser gefällt. Pharmazeut, Chemiker, dazu Ernährungswissenschaftler, wie man heute sagen würde, und Agronom …

Und damit kommen wir der Sache schon näher. Fällt dir an seinem Grab was auf? Aurélies Neugier ist erwacht, sie geht einen Schritt auf Monsieur Parmentiers Ruhestätte zu, beugt sich hinunter und versucht die Inschrift zu entziffern. Das ist kaum noch zu lesen, kann sich dein Friedhofsdirektor, mit dem du sicher ganz eng bist, nicht mal darum kümmern? Ihre Fingerspitzen streichen über das Flachrelief, über Parmentiers sorgfältig ondulierten Haarschopf. Was hat denn das zu bedeuten? Ein Weinstock, keine Frage, und eine Art … wie sagt man? … Destillationsgerät und … wie komisch ist das bitte!

Sie fährt mit beiden Händen über das Relief. Ja, ein Korb, ein Korb mit … Kartoffeln, tatsächlich! Hat dein Auflaufmensch, der Garant deiner ausgewogenen Ernährung, die Kartoffel erfunden oder als Erster ausgebuddelt? Aurélie packt blitzschnell ihre Fotoausrüstung aus und konzentriert sich auf die drei Objekte, scheint eine der Knollen besonders attraktiv zu finden.

Bernard sieht ihr zu, freut sich, dass er Parmentiers Geschichte vor einiger Zeit nachgegangen ist und in seiner Kladde aufnotiert hat. Also, Madame la Photographe, erfunden hat er die Kartoffel wohl nicht. Aber populär hat er sie gemacht, im Siebenjährigen Krieg, das war im 18. Jahrhundert, falls dir das nicht präsent ist, als eine Hungersnot herrschte und es darum ging, Ersatz für das fehlende Getreide zu finden. Da hat unser Antoine den Anbau der Kartoffel propagiert, von der man damals nichts wissen wollte, ja, die manche für giftig hielten. Allen Widersachern hat er die Stirn gezeigt und so allmählich die Bauern vom Kartoffelanbau überzeugt. Stell dir vor, Aurélie, was wir ohne ihn wären. Du müsstest bei deinen Rückfällen das Steak ohne *frites* essen, und weil ein *hachis Parmentier* nicht vorstellbar ist ohne Kartoffelpüreeschichten, sind wir Antoine zu großer Dankbarkeit verpflichtet. Schau dir mal die Rückseite des Grabs an. Da hinterlassen seine Verehrer bis heute ihre Spuren …

Aurélie wirbelt herum und lacht auf. Bernard weiß, was sie entdeckt hat. Kartoffeln, echte Kartoffeln, aneinandergereiht auf einer schmalen Steinleiste, manche mit aufgemalten lachenden Gesichtern versehen. Aurélie berührt die liebevoll arrangierten Knollen, als hielte sie das Ganze für einen Scherz. Na, das ist ja der Hammer, ganz schön weich die Dinger, wahrscheinlich treiben sie bald.

Setz dich irgendwohin, *mon cher*, und komm mir nicht in die Quere, sonst stolpere ich wieder, und du musst mich ins Krankenhaus tragen. Ich muss Kartoffelfotos machen, von allen Seiten, Dutzende, das wird eine Weile dauern. Denk inzwischen darüber nach, wann wir einen Parmentier-Gedenkabend machen, mit seinem *hachis* natürlich. Ich müsste irgendwo in einer Schublade das Rezept meiner Großmutter haben. Wie ich dich kenne, hast du nur die Tiefkühlvariante im Haus.

Wie ich dich kenne … Wann ist er Aurélie zum ersten

Mal begegnet? Vor drei, vier Wochen? Und ja, er kennt sie auch, meint er, so wie man einen Menschen eigentlich erst nach vielen Jahren kennt. Eine ungewohnte Erfahrung, eine, die ihn berührt, eine einmalige Erfahrung, die er nicht für möglich gehalten hätte. Wie ich dich kenne, hat sie gesagt.

18

Er merkte, wie schwer es ihm fiel, seinen vertrauten Rhythmus wieder aufzunehmen. Er verkroch sich in seiner Wohnung, erschrak, wenn es an der Tür klingelte, weil die Heizung bei einem Nachbarn ausgefallen war oder im Keller eine der Mülltonnen fehlte, erledigte unumgängliche Besorgungen, beruhigt, wenn er auf der Straße niemandem begegnete. Er mied die Fernsehnachrichten, interessierte sich allenfalls für Berichte über die Hinterbliebenen der getöteten *Charlie-Hebdo*-Leute und bewunderte die Redaktion für ihren Durchhaltewillen.

Wenn der Staatspräsident vor die Kameras trat und zu Erklärungen ansetzte, wie man den Terrorismus schlagartig eindämmen werde, schaltete er ab. Dieser lächerliche Mann, der sich mit dem Motorroller bei seiner Geliebten absetzen und sich in deren Appartement von seinem Leibwächter Croissants zum Frühstück bringen ließ. Eine Schauspielerin sei sie, die Geliebte, Bernard wusste nichts über sie.

Seine Gänge in die Bibliothek wurden spärlicher. Er verspürte kein Verlangen mehr, sich in die Tageszeitungen zu vertiefen. Er wollte nichts hören von Mord und Totschlag, von Attentaten und von schmelzenden Gletschern oder Hitzerekorden. Die Bibliothekarin gab sich einsilbig, er überlegte, sich bei ihr zu entschuldigen. Die ungelesenen Bücher stapelten sich auf seinem Nachttisch. Er blätterte darin, konnte weder den Autoren etwas abgewinnen, die Optimismus verbreiteten, noch denen, die einen Umsturz forderten oder den Weltuntergang für beschlossene Sache hielten.

Am liebsten saß er in seinem zerschlissenen Fauteuil und sah aus dem Fenster. Er fühlte sich nicht unglücklich oder verloren. Er wollte nichts sagen und tun. Nimm dich zusammen, Junge, hätte seine Mutter gesagt, wie früher, wenn er ihr von seinem Kummer erzählte. Irgendwann hatte er aufgehört, ihr von dem zu berichten, was ihn quälte. Sich zusammennehmen, sich nicht gehen lassen … wie machte man das? Er wusste es nicht, es erschien ihm besser, still auf eine Veränderung seiner Gefühle zu warten.

Manchmal suchte er von einer vagen Wehmut erfasst unwillkürlich die Nähe seines alten Ladens. Der schien zu florieren. Die Tür stand meistens offen, während er früher Wert darauf gelegt hatte, sie sorgfältig geschlossen zu halten. Als wäre es angemessen, wenn die Kunden eine Schwelle zu überwinden hatten, um dann die Ruhe zwischen seinen Regalen und Kisten als umso angenehmer zu empfinden. Die jungen Leute, seine Nachfolger, gingen ein und aus, unterhielten sich auf dem Trottoir mit Passanten, die dann hereinkamen und Weine kauften, obwohl sie gar keinen

Wein hatten kaufen wollen. Ihm gefiel das, ehrlich gesagt.

Unvorstellbar kam es ihm vor, dass er früher jeden Tag mit Dutzenden von Menschen geredet, ihnen sein Angebot schmackhaft gemacht hatte. Gespräche mal persönlicher, mal taktischer Natur, begleitet von einem Gesichtsausdruck, der keinen Verdruss und keine Verärgerung kannte. Wenn er dann abends die Tür verriegelt und das Eisenrouleau heruntergelassen hatte, war seine zuvorkommende, ungetrübte Freundlichkeit in sich zusammengefallen wie ein zu schnell aus dem Ofen geholtes Soufflé.

Er überwand sich selten, sein Tageseinerlei, dessen Ereignislosigkeit ihn eher beruhigte denn störte, zu durchbrechen. Einmal, als die Wettervorhersage klare Frühsommerstunden verhieß, machte er sich ins Musée Rodin auf, das er vor Jahren mit Bekannten aus Straßburg zum letzten Mal besucht hatte. Er war erleichtert, sich in der Rue de Varenne nicht in Warteschlangen einreihen zu müssen. Er verzichtete darauf, ins Museumsgebäude zu gehen, und strebte sofort in den unspektakulären Garten, auf dessen Seitenwegen man ungestört in die von sanft wärmenden Sonnenstrahlen durchbrochenen Baumkronen blinzeln und die massigen Statuen umkreisen konnte. Er durchstreifte einen von Kastanien und Linden bewachsenen, angenehme Kühle verströmenden Unterholzstreifen, in dem sich die Figuren der Rodin'schen *Bürger von Calais* verteilten.

Dann zog er weiter zum Wasserbecken im Süden, das

von robusten Zementbänken umgeben war. Die Figurengruppe in der Bassinmitte hatte mit Dantes *Göttlicher Komödie* und einem Grafen Ugolino zu tun, das wusste er, gelesen hatte er Dante nie. Vögel, Rauchschwalben vielleicht, ließen sich auf Ugolinos Kopf nieder und störten sich nicht an den fotografierenden Besuchern. Hinter dem Bassin lag ein schlichter Spielplatz. Bernard legte sich auf eine der Holzliegen und fiel in einen kurzen Schlaf, der vielleicht ausglich, dass er seit einiger Zeit nachts hochschreckte, aus intensiven, bedrängenden Träumen.

Er blieb vor der kolossalen Statue Balzacs stehen, die den Dichter mit wildem, ungestümem Löwenhaupt und in einen Hausmantel gekleidet darstellt. Ein Gesicht, das Besessenheit ausstrahlt, ein Gesicht, dessen Furchen von einem aufbrausenden Kampf mit dem Dasein zeugten. Vielleicht gefiel das Bernard, weil es so entfernt war von dem, wie er seine Tage verbrachte. Große Kämpfe hatte er nie auszufechten gehabt in seinem Leben, stattdessen diese Abfolge von Zuständen, die manchmal nach Glück aussahen und manchmal nach Enttäuschung und nach vager Sehnsucht. Er glaubte sich zu erinnern, dass Balzac Kaffee und Wein unmäßig konsumiert hatte. Ein guter Kunde in seinem Laden wäre er mit Sicherheit gewesen.

Bernard suchte im Garten vergeblich nach jener Skulptur, die er bei seinem letzten Besuch als Postkartenmotiv im Andenkenshop gekauft hatte. *L'éternelle idole*, ja, so hieß sie wohl. In einer Museumsnische, er erinnerte sich plötzlich, hatte er sie damals entdeckt, eine kniende nackte Frau mit nach vorne geschobenen Hüften und ein nackter Mann mit hinter dem Rücken verschränkten Armen, der sich zwischen ihre Schenkel schiebt, seinen Körper sanft an sie drückt und fast andächtig die Hautpartie unterhalb ihrer Brüste küsst. Diese Ansicht hatte ihn erregt, eine Empfindung, die er Mireille nicht gezeigt hatte. Er überlegte, das Gebäude zu betreten und nach diesem sinnlichen Paar Ausschau zu halten. Dann unterließ er es doch, es reichte ihm, die Erinnerung an ihre Körper wachzurufen, eine vage Erinnerung.

Er blieb zwei Stunden im Museumsgarten, trank einen Kaffee und fühlte sich erschöpft. Die Rückfahrt mit der Metro kam ihm endlos vor. Ausgelaugt kehrte er in die Rue des Saules zurück, las in Supermarktprospekten, die er aus dem Briefkasten gezogen hatte, sah Rodins ewiges Idol vor sich und dachte an seine damaligen Gefühle, die nun wie hinter einer Milchglasscheibe lagen und mit ihm nichts mehr zu tun zu haben schienen.

19

Nicht schlecht, dein Monsieur Parmentier! Aurélie schwenkt ihren zurückeroberten Hut wie einen Sombrero und packt ihre Gerätschaften ein. Fast eine halbe Stunde hat sie gebraucht, um die Kartoffelablage von allen Seiten zu fotografieren, und dabei Flüche über das schlechte Licht ausgestoßen. Hast du dich gelangweilt, mein Tiefkühlkostheld? Immerhin hat mir dein Parmentier Spaß gemacht. An der einen oder anderen Kartoffel hab ich herumgedrückt, du sagst es den Friedhofswärtern oder deinem Direktor nicht weiter, ja? Eine aufgeplatzte Kartoffel macht einfach mehr her, ich glaube, mir sind da keine schlechten Fotos gelungen. Hervorquellendes Grabkartoffelfleisch … sagt man das so, Kartoffelfleisch?

Du musst mich, Aurélie, dann aber zur Vernissage einladen. Ich erkläre den Leuten, wie es zu diesen spektakulären Aufnahmen kam. Ein unbescholtener Weinhändler im Ruhestand, der auf einer Fotokunstausstellung spricht, gilt als vertrauenswürdig. Um die Auswahl der Getränke würde ich mich kümmern. Das ist deinen Freunden sicher wichtig.

Freunde? Bernard stutzt bei diesem Wort. Als Schüler hatte er einen festen Kreis an Freunden, mit denen er Fußball spielte, abends durch die Straßen zog oder ins Kino ging. Später verlor er fast alle von ihnen aus den Augen, und in seinen Berufsjahren waren kaum neue dazugekommen. Je älter er wird, desto schwerer fällt es ihm, auf andere zuzugehen, sie in sein Leben zu lassen. Christophe ist die Ausnahme geblieben. Bei der kleinen Runde, die er gelegentlich auf einen Apéritif oder zum Abendessen traf, zögert er inzwischen, sie als Freunde zu bezeichnen.

Mit Frauen tut er sich leichter, sie spreizen sich weniger, wollen keinen Eindruck schinden, doch auch mit denen, die er früher gut kannte und die nun eingespannt in ihre Familien sind, hat er kaum noch Kontakt. Seitdem er quasi auf dem Friedhof lebt, hat sich alles verflüchtigt, haben sich die verbliebenen Freunde zurückgezogen. Zu Recht vermutlich. Lediglich Christophe meldet sich hin und wieder mit einer Nachricht oder einem kurzen Telefonat. Er scheint darauf zu warten, dass Bernard seinen Irrweg einsieht und zurückkehrt. Woran der bislang keinen Moment ernsthaft gedacht hat. Zu stark ist die Zufriedenheit, die er jeden Tag empfindet. Was ihm fehlt, weiß er, aber in jeder Phase seines Lebens hat ihm etwas gefehlt. Was er sich meist erst Jahre später eingestanden hat.

Monsieur? Ist Monsieur Bernard wieder in Gedanken? Er schreckt hoch, als Aurélie an seiner Jacke zupft und ihn fragend anlacht. Heb dir das für später auf, wenn ich auf dem Heimweg bin. Wir müssen uns noch zu meinem Favoriten aufmachen, zu meiner Favoritin, besser gesagt. Wobei das Wort sowieso nicht passt. Dein Freund Parmentier hat das gehabt, was man, blöder Ausdruck, ich weiß, ein »erfolgreiches Leben« nennt, und seine Verdienste um die Kartoffel bleiben natürlich unvergessen. Mein Grab ist eher eins der dumpfen Trauer, des sinnlosen Schmerzes.

Komm, wir ziehen los, ehe es dunkel wird und sich die Füchse für uns interessieren. Sie hakt sich bei Bernard unter, eine Selbstverständlichkeit mittlerweile. Sie beschleunigt ihren Schritt, zieht ihn hinter sich her. Es ist nur ein kurzes Stück zu gehen, da hinten an der Avenue Transversale in der ersten Reihe der Fünfundvierzigsten, gleich neben Bécaud, aber der ist mir ziemlich egal.

Bernard folgt ihr gespannt, sieht in der Ferne die rotgrüne Frau hin und her schwanken und meint, ihr Rufen zu hören. Offensichtlich hat sie zwei Opfer gefunden, ein älteres Paar in schwarzen Mänteln, auf das sie beschwörend einredet. Es geht sicher um Claude, den verschwundenen Ehemann, der sich im Tod vor ihr versteckt. Bernard ist erleichtert, als sie sich in Richtung Norden davonmacht. Auf Bécauds Grab liegen Plastikrosen, das pinke Miniaturklavier ist verschwunden, stattdessen liegt da eine eingedrückte Glühbirne mit der Filzstiftaufschrift *Monsieur 100 000 Volt*.

Aurélie bleibt fast stehen, setzt nur langsam einen Fuß vor den anderen. Bernard kennt das Grab, das sie anstrebt, hat sich bislang beim Vorbeigehen keine Gedanken darüber gemacht, nur gewundert über die auf dem Stein verstreuten Rosen oder Sonnenblumen. Keine opulenten Sträuße, einzelne Blüten, dargebracht wie auf einem Bauernaltar.

Das ist Marie Trintignant, Bernard. Du kennst bestimmt ihren Vater, den Schauspieler, und ihre Mutter, die Regisseurin, vielleicht auch. Erinnerst du dich, wie Marie gestorben ist, irgendwo in Litauen bei einem Dreh? Wie sie von einem Mann, ihrem – welch grausames Wort! – Geliebten, niedergeschlagen wurde, im Streit, Drogen, Alkohol waren im Spiel, das Übliche … wie sie tagelang im Koma lag und daraus nicht mehr erwacht ist, mit einundvierzig Jahren? Gibt es Sinnloseres als ein so absurdes Ende eines jungen Lebens?

Ja, Bernard erinnert sich an den Fall, das muss über fünfzehn Jahre her sein, ja, *2003* steht auf dem Grabstein und in goldener Schreibschrift auf zwei weißen Plastiktafeln, als könnte das Datum nicht oft genug genannt werden.

Ins Gesicht hat er sie geschlagen, wieder und wieder, kannst du dir das vorstellen? Aus tollwütiger Eifersucht oder wieso auch immer … Zu ihrer Beerdigung kamen alle in Weiß. Da wäre ich gern mitgegangen. Und weißt du, was dann passiert ist? Er kam vor Gericht, der Totschläger, und erhielt eine Gefängnisstrafe, von der er nur lächerliche drei Jahre absitzen musste. Seitdem ist er ein freier Mann – und Marie tot, verscharrt. Und da liegt sie bis heute, und das Schwein lebt. Verstehst du, warum mich dieses Grab nicht loslässt?

Ihre Stimme überschlägt sich vor Wut. Sie tritt gegen eine Zigarettenschachtel und weiß nicht wohin mit ihren Armen. Bernard greift nach ihrer zuckenden linken Hand, umklammert sie.

Aurélie hält inne, schaut ihn an. Und weißt du was? Die Leute haben ihre Geschichte vergessen, sie denken an ihren Vater, wenn sie hier zufällig stehen bleiben, wundern sich, wer der Mann war, dessen Name unter ihrem steht: Alain Corneau. Maries Adoptivvater, der Lebensgefährte ihrer Mutter Nadine, 2010 gestorben. Es gibt übrigens ein Buch über Marie, ihre Mutter hat es geschrieben.

Sie beugt sich hinunter, hebt die Kamera vors Gesicht, als wollte sie sich verstecken. Neben einer dunklen Rose liegt ein verwaschenes Plakat, eine Kinowerbung. Für welchen Film ist nicht mehr zu erkennen. Farbschlieren ziehen sich über die Schriftzüge. Sie fotografiert das Plakat aus allen Winkeln, schiebt Bernard nach rechts ... So hab ich besseres Licht, bleib so. Das Zitat da unten, von Shelley, dem englischen Romantiker, das nehm ich als Motto für meine Ausstellung, wenn es je eine geben wird. *Paix, paix, ils ne sont pas morts, ils ne sont pas endormis, ils se sont réveillés du rêve de la vie* – ja, Marie ist nicht tot, sie ist erwacht vom Traum des Lebens, Bernard, begreifst du? Alles eine Frage der Perspektive, wir können darüber entscheiden ...

So, jetzt noch einmal von der Seite, du darfst dich wieder bewegen. Und dann lassen wir Marie ihre Ruhe und gehen in die Kneipe unten am Nebeneingang, ganz in der Nähe von deinem Zimmerchen beim Schwesterchen. Wie ich dich kenne, hast du nie einen Fuß in dieses Lokal gesetzt. Höchste Zeit also, und dass du heute deinen Friedhof etwas früher als sonst verlässt, wird er verkraften. Und du auch. Wir müssen auf Marie anstoßen. Und auf uns.

20

Christophe hatte es vorhergesagt. Seit den *Charlie-Hebdo*-Morden brodelte es, an der Oberfläche kaum wahrnehmbar, aber für jeden, der die Stadt kannte und sich nicht Augen und Ohren zuhielt, nicht zu ignorieren. Die Politiker legten demonstrativ Ruhe an den Tag, wussten, dass die Menschen nicht den Glauben an ein überschaubares Alltagsleben verlieren durften, das nicht von Attentaten und von der Angst davor geprägt war. Der Staatspräsident hielt beschwichtigende Ansprachen, die sich kaum voneinander unterschieden und denen Bernard allenfalls mit halber Aufmerksamkeit zuhörte. Die Polizei war präsent wie nie zuvor, und Bernard traute dem Frieden nicht, der sich in der Stadt täuschend echt ausbreitete, als er sich endlich aufgerafft hatte, sein Appartement zu verlassen. Überall auf der Welt explodierten jeden Tag Bomben, folterte und tötete man, Menschen starben, weil sie das Pech hatten, am falschen Ort zu sein. Doch der Gefahr mitten in Paris zu begegnen, das erlaubte keine Distanz, da war er selbst.

Ja, Christophe hatte recht behalten. Das werde nicht

der letzte Terroranschlag bleiben ... Sein Anruf vorhin, als Bernard schon auf dem Weg ins Bett war. Er hatte sofort den Fernseher angeschaltet, den Computer hochgefahren. Im Stade de France bei einem Länderspiel, in Bars, auf der Straße ... Christophe hatte gestammelt ... Bomben, Maschinengewehrsalven, Tote und Verletzte überall ... und jetzt seien sie im Bataclan am Boulevard Voltaire, hätten ein Konzert gestürmt ... sein Neffe Alexandre sei vielleicht dort ... Er melde sich wieder ...

Gegen zwei Uhr machte Bernard alle Geräte aus. Auf der Straße und im Treppenhaus herrschte Unruhe, niemand schien zu schlafen. Madame Brisard hatte eine schwere Wäschetruhe vor die Haustür geschoben, verfolgt von den Blicken der Mieter, die nicht wussten, was sie von dieser Maßnahme halten sollten. Die Nachrichten waren ein Durcheinander, voller Widersprüche und nebulöser Informationen. Was genau in den letzten Stunden geschehen war, zeichnete sich nur langsam ab. Die Reporter, die vor geborstenen Caféfenstern an Straßenecken standen, wiederholten immer wieder ihre spärlichen Informationen: Anschläge überall in Paris, Schüsse aus einem Auto heraus und dann sei das Bataclan gestürmt worden, während des Konzerts einer Band, die Bernard nicht kannte. Tote, lauter Tote und Verletzte, wie viele genau, lasse sich nicht sagen.

Er kannte das Theater da unten im Elften. Oft war er nicht dort gewesen, seine Musik spielte man da nicht, einmal, ja, einmal hatte er dort Courtney Love gehört, ein Abend, den er nie vergessen hatte, die dichte Atmosphäre, das bunt gemischte Publikum, eine Lässigkeit, die ihm fremd war. Damals schon kam er sich alt vor, zumindest älter, als er war. Eine vielfältige Gegend, Leute mit schmalem Geldbeutel wohnten da, und zugleich war es ein Ausgehviertel mit Kneipen, Clubs aller Art.

Bernard machte sich einen Kaffee, zuckerte ihn kräftig. Schlafen würde er nicht. Offenbar war das Bataclan nach Mitternacht von der Polizei gestürmt worden, die Angreifer hatten sich selbst umgebracht, mit Sprengstoffwesten. Selbstmordattentäter, das hatte es in Paris bislang nicht gegeben.

Über die Hintergründe wurde spekuliert, islamistischer Terror wieder, ja, ein Sprecher des Präsidenten versuchte zu beschwichtigen, man habe alles im Griff, ein unerträglicher Angriff auf das liberale Frankreich, auf eine Kultur, die Wert auf Vielfalt lege. Frankreich, dachte Bernard, während er seinen Kaffee löffelte, ist eine ideale Angriffsfläche, diese alte Kolonialmacht mit ihren Brandherden überall. Wahrscheinlich galt Fanatikern ein Ort wie das Bataclan als Feindbild schlechthin, Fanatikern, die nichts als ihre Religion gelten ließen.

Sein Telefon … »Angel of the Morning« … wie unpassend, schrecklich unpassend. Christophe, der ihn in den letzten Stunden mit Kurznachrichten bombardiert hatte, nein, das war das falsche Wort, schrie ihm ins Ohr. Er habe vergeblich versucht, hinter die Absperrungen zu gelangen. Eine Bluttrasse hätten die Attentäter durch das Zehnte und Elfte gelegt. Hektische Polizisten in Kompagniestärke, zum Glück habe die Einsatzleitung kühlen Kopf bewahrt. Nach allem, was er gehört habe, sei der Sturm auf das Bataclan ohne Alternative gewesen.

Bernard hörte zu, nutzte den Moment, als Christophe sich verschluckte und hustete, um nach Alexandre zu fragen. Dein Neffe, Christophe, was ist mit ihm? Ja, ja, Bernard, das wollte ich gerade sagen, er ist wohlauf, Glück hat er gehabt. Er wollte mit Freunden zu diesem Konzert ins Bataclan, sie hatten Karten, doch dann seien sie Kumpels aus dem Fußballclub begegnet, hätten ihre Karten vor dem Bataclan verkauft und seien weitergezogen, zu einem Türken, weit genug entfernt. Ein paar Sekunden später beendete Christophe das Gespräch, er müsse mit zwei Kollegen telefonieren. Das sei das Ende des alten Frankreichs, ganz gewiss …

Bernard goss sich einen zweiten Kaffee ein. Wie gern er jetzt rauchen würde. Das alte Frankreich … was sollte das sein, wann hatte das existiert? Jeder neue Tag machte aus der Welt von gestern eine alte Welt. Und doch … er ahnte, was Christophe meinte, spürte es in jedem Muskel, in seinem Brustkorb, der ihm taub vorkam, und er wusste, dass er das alles nicht länger ertragen würde.

Er war Alexandre einmal begegnet, ein blonder, vielleicht zwanzigjähriger Junge, der die Schule geschmissen hatte, um sich auszuprobieren, wie er es nannte, und der auf keinen Fall wie sein Vater und sein Onkel Christophe nur für den Job leben wollte, auf gar keinen Fall. Ein Schutzengel, ein *angel of the night*, hatte seine Flügel über Alexandre ausgebreitet. Wären ihm seine

Fußballfreunde nicht begegnet, wäre er zum Konzert gegangen, wäre er nun womöglich ein toter junger Mann.

Bernard lehnte sich zurück, glaubte Geräusche aus dem Treppenhaus zu hören. Wahrscheinlich hielt Madame Brisard die Zeit für gekommen, ihre Wäschetruhe zurück in die Wohnung zu schieben und die Haustür wieder freizugeben. Möglich aber auch, dass er sich die Geräusche einbildete. Sein Kopf fiel vornüber. Er schlief ein.

21

Wir müssen auf uns anstoßen. Ja, das hat sie gesagt, Bernard ist sich sicher, keiner akustischen Täuschung aufgesessen zu sein. Sein Gehör funktioniert ausgezeichnet, was im Laden immer ein Vorteil war, bei unschlüssigen Kunden, die sich flüsternd beratschlagten, ob zwanzig Euro ein angemessener Preis für ein Mitbringsel sei. Er tat so, als würde er von ihren Diskussionen nichts mitbekommen, und schaltete sich dann mit einer überraschenden neuen Weinempfehlung ein, meistens hatte er Erfolg damit. Fünfzehn Euro waren auch Umsatz.

Anstoßen mit Aurélie, wenngleich in einem obskuren Lokal, das er bislang kaum eines Blickes gewürdigt hat. Eine Art Pub am Boulevard de Ménilmontant, das auf seiner Markise für *Spiele* und *Konzerte* wirbt. Ich denke, Bernard, es hätte Marie gefallen, dass wir beide nach dem Besuch ihres Grabs ein Bier im Purgatoire trinken. Die Auswahl ist erstaunlich groß, und nun mach kein Gesicht. Dass die ihren Laden »Fegefeuer« nennen, passt gut in die Gegend, oder? Wenn ich mit meiner Arbeit im TEP fertig bin, schau ich da manchmal rein, rede mit Leuten, die da stundenlang hocken, denk über mich nach, schau mir die Fotos an, die ich im Laufe des Tages gemacht habe, und trink zwei Bier. Vielleicht wird das unser Stammlokal, die Jazz-Konzerte samstags sollen gut sein. Das wär doch ein Anfang, und nach Hause zu deinem Schwesterherz hast du's nicht weit, knapp hundert Meter, schätz ich.

Bernard hört ihr zu, es gefällt ihm, wie sie sich über ihn lustig macht. Ein so leichter, selbstverständlicher und liebevoller Ton, ein Ton, der so vertraut klingt. Wann hat er den Friedhof zum letzten Mal vor sechs Uhr verlassen? Allenfalls in den ersten Tagen damals, als er zwei, drei Dinge für sein Zimmer besorgen musste, einen kleinen Schreibtisch, einen Hocker für seine Füße, eine dimmbare Lampe. Und jetzt sitzt er am hellen Nachmittag mit einer Frau in einer Kneipe, die er von sich aus nie betreten hätte, macht Dinge, die er seit Jahren nicht gemacht hat.

Aurélie bestellt, ohne ihn zu fragen, zwei Bier und ein Sandwich, dessen Schinkenbelag an den Rändern eingetrocknet ist. Komm, nimm die Hälfte, wer weiß, ob dein Kühlschrank heute Abend was hergibt. Deine Schwester kocht sicher nichts für dich ... Sie nimmt einen großen Schluck und seufzt zufrieden. Bernard sieht sich um, noch ist wenig los, zwei Männer, die wie Stammgäste wirken, würfeln, und zwar so leidenschaftlich, als ginge es um eine Meisterschaft.

Die nächsten Tage habe sie viel zu tun, ein Auftrag eines Nachbarschaftszentrums, das seine Website und seine Hausbroschüre neu gestalten wolle. Dickes Geld werde sie da nicht verdienen, aber die Zeiten für Fotografen seien eben schon mal besser gewesen. Und dann müsse sie im TEP Hand anlegen, der Protest gehe in die heiße Phase, da gehe es um Präsenz, und sie habe versprochen, bei der Anlage von Gemüsebeeten zu helfen.

Sie erzählt in einem fort. Bernard hat dieses TEP bislang kaum eines Blickes gewürdigt. Terrain d'Education Physique hieß das früher, eine Sportanlage mit Volleyball- und Handballplätzen, die, sagt Aurélie, so habe die Stadtverwaltung beschlossen, Platz machen solle für Wohnblocks mit einer unterirdischen Müllanlage.

Und dann – Aurélie streicht sich mit einer schnellen Handbewegung ihr Haar hinters Ohr – habe sich Widerstand formiert unter den Anwohnern, die üblichen Dauerprotestler seien dazugekommen, man habe das Terrain besetzt, bis die Bauarbeiten unterbrochen worden seien. Aus der Ökologiebewegung machten viele mit, aber auch ganz normale Bewohner aus dem Viertel, die in ihrem Leben noch nie auf die Straße gegangen sind. Ein Freund habe sie darauf aufmerksam gemacht, eine Weile seien sie ein Paar gewesen, und seitdem schaue sie alle paar Tage, wenn die Fotoauftragslage beschissen sei, vorbei und helfe mit, einfach so. Eine Holzhütte stehe jetzt da, improvisierte Spielplätze, Gemüsebeete, eine Nachbarin habe einen Kastanienbaum aus ihrem Garten ausgegraben und auf dem Gelände eingepflanzt. Und der Hühnerstall natürlich, der sei das Highlight, Familien kämen nicht nur am Wochenende vorbei, zum Picknicken, zum Reden und zum Mitmachen.

Bernard unterbricht ihren Redefluss ab und zu, stellt Fragen. Ob sie nicht Angst hätten, dass die Polizei das Gelände räumen werde, notfalls mit Gewalt? Ja, sagt, Aurélie, das wird sich in den nächsten Wochen zeigen, interessanterweise traut man sich nicht recht, den Widerstand brutal zu brechen, vermutlich weil wir nicht die üblichen Aktivisten und Krawallbrüder sind. Umbenannt hat man das Ganze auch: *Terrain d'Écologie populaire* steht jetzt auf einem Banner am Eingang. Kommst du nächstes Mal mit und pflanzt mit mir populäre ökologische Karotten an? Dein Friedhof ist schließlich ein Aushängeschild für Biodiversität geworden, oder?

Warum nicht?, hört Bernard sich sagen und bestellt zwei neue Bier. Ich kenne gute Adressen für Bio- und Naturweine, damit ließe sich ein Verkaufsstand einrichten … nach achtzehn Uhr, wenn ich Zeit habe. Bernard richtet sich auf, beißt in das trockene Sandwich und schaut in Aurélies Augen, die ihn prüfend, nein, freundlich ansehen. Sie legt ihre Hand auf seinen Unterarm, drückt ihn kurz. Du machst dich, scheinst ja nicht komplett eingerostet zu sein. Im Gegenteil …

Bernard spürt die Wärme ihrer Hand durch sein Hemd. Der Mann, der dich auf das TEP aufmerksam gemacht hat, kommt der manchmal noch? Nein, nein, lacht sie, der fürchtet sich inzwischen vor mir, wie die meisten Männer in meinem Leben. Lange gehalten hat keine meiner Beziehungen, woran das liegt? Schwer zu sagen. Hat wohl mit mir zu tun, da helfen keine Ausflüchte. Meine Mutter hat aufgegeben, sich über mich zu wundern und auf Enkel zu hoffen. Du hast Kinder, ja?

Bernard erzählt, was es zu erzählen gibt, von Maxime, von Mireille, von seinem Laden am Montmartre, von seinem Entschluss vor zwei, drei Jahren, sich auszuklinken, nicht mehr mittun zu wollen, von der beruhigenden Wirkung, die der Friedhof auf ihn hat. Der Tod, ja, es schade nichts, wenn man ihn nicht ignoriere. Ein Eskapist, das sei er, habe einer seiner Bekannten zu ihm gesagt und sich nie mehr bei ihm gemeldet.

Eskapist? Das ist ein gutes Wort, kein Schimpfwort, ruft Aurélie und boxt ihn gegen den Oberarm. Was glaubst du, was ich bin? Eine, die keinen Mann lange aushält, eine, die sich Tag für Tag freut, wenn sie sich in ihre armselige wunderbare Wohnung flüchten kann, und die Augen vor allem Möglichen verschließt! Anders geht es nicht. Nenn mich Eskapistin! Aber ich bin gleichzeitig eine, die das Leben liebt, die nicht von morgens bis abends im Büro arbeiten möchte und die jeden Tag neugierig auf das ist, was kommt. Und eine, die nicht gedacht hätte, dass man auf einem Friedhof so nette Bekanntschaften machen kann! Das alles geht nur, wenn man das Schreckliche nicht ausblendet und trotzdem versucht bei sich zu bleiben. Denk an Marie Trintignant, ihr Leben war binnen weniger Tage vorbei, und komm mir nicht damit, dass ihr Tod irgendeinen höheren Sinn hatte. Ein Scheißtod war das, ein nutzloser, gemeiner, idiotischer Tod. Da drüben auf deinem Friedhof liegen Tausende herum, deren Tod kein harmonischer war, nach einem erfüllten Leben oder so, wie es immer heißt. Lass mich damit in Ruhe!

Wir trinken noch einen Wein, Bernard, selbst wenn dich das Angebot im Purgatoire nicht zufriedenstellen wird, einen Wein auf Marie Trintignant und auf all die anderen, die die Arschkarte gezogen haben. Wann übernachtest du das nächste Mal auf dem Friedhof? Nimmst du mich dann mit, zur nächtlichen Fotoexkursion mit Schlafgelegenheit? Ist das nicht gruselig im Stockdunkeln zwischen all den Gräbern? Die kommenden Tage sollen mild werden, dann hol ich mir wenigstens nicht den Tod … puh, wie findest du meine Wortwitzbegabung?

Ja, Aurélie, wir nehmen den Côte du Rhône, der dürfte erträglich sein, und morgen Abend spiele ich den Friedhofsführer, wenn du Zeit hast. Père-Lachaise *at night* – das wird einer Frau nicht alle Tage geboten.

Sie sagt nichts, klopft auf die Tischplatte, dann schnellt ihre rechte Hand nach oben und streift seine Wange, seinen Nacken. Du hast da was … jetzt ist es weg.

22

Ein Brief, ein altmodischer Brief. Wann hatte er zum letzten Mal einen bekommen? Eine ungeübte Handschrift, eine korrigierte Hausnummer, kanadische Marken mit Naturmotiven, die genau dem entsprachen, wie er sich Kanada, seine Wälder und Seen vorstellte. Ahornsirupflaschen oder Eishockeyspieler wären auch nicht schlecht gewesen. Sein Sohn schreibt ihm, eine Überraschung. Er riss den Umschlag noch im Treppenhaus auf, ohne auf Madame Brisards Neugier Rücksicht zu nehmen. Vielleicht würde ihm Maxime seine Hochzeit ankündigen, mit einer kanadischen Tierforscherin aus Vancouver oder einer Sängerin. Oder seine Rückkehr nach Paris.

Er las jeden Satz zweimal. Er sitze vor einer Blockhütte, eine Petroleumlampe neben sich, so wie du es dir vorstellst, Papa. Er mache sich Sorgen um ihn, beim letzten Anruf habe er erschöpft gewirkt, lebensunlustig. Ob ihn die Anschläge weiter so beunruhigen würden. Und wie bedauerlich es sei, dass ihr Ausflug nach San Sebastián so kurz ausgefallen sei. Das müssten sie unbedingt nachholen …

Bernard las weiter, während er einen Treppenabsatz nach dem anderen hinter sich brachte. Er wolle erst einmal in Kanada bleiben, schrieb Maxime, der perfekte Rückzugsort, er habe sich als Guide einen Namen gemacht, verdiene gut. Von dieser Frau aus Montréal, dieser Buchhändlerin oder was sie gewesen war, schrieb er nichts. Das hatte sich wohl erledigt. Ich umarme dich, Papa, und wenn du von allem genug hast, besuch mich. Zeit genug hast du ja. Dein Maxime.

»Dein« … er kann sich nicht erinnern, dass Maxime dieses Wort jemals zuvor verwendet hat. Angesichts der wenigen Postkarten und Briefe, die sie sich in all den Jahren geschickt hatten, kein Wunder. Und bei Handynachrichten wäre ein »Dein« irgendwie unpassend gewesen. Nein, nach Kanada würde er nicht fliegen, obwohl Wälder, in denen man tagelang keinen Menschen zu sehen bekam, zu seinem unruhigen Lebensgefühl passten. Auswandern, das taugte für ihn nicht als Ausweg. Selbstmord auch nicht … wie kam er nur so unvermittelt auf diesen Gedanken? … dafür lebte er zu gern. Er störte sich an Filmen oder Büchern, in denen sich Menschen umbrachten, vor den Zug warfen, Tabletten schluckten oder sich gar eine Pistole in den Mund steckten. Er empfand das als Überforderung.

Er betrat seine Wohnung, die ihm grauer vorkam als sonst, und fuhr den Computer hoch. Seit ein paar Wochen schaute er jeden Tag amerikanische Serien, ein Zeitungsartikel hatte ihn darauf aufmerksam gemacht. Würde Balzac heute leben, stand da, wäre er Serienschreiber, um das Spektrum unserer Gesellschaft abzubilden. Bernard hatte den Kopf geschüttelt und sich dann doch darauf eingelassen, keine dieser Serien, bei der alle zwei Minuten Lachkonserven eingespielt wurden, er verfolgte eine, die in einem Mietshaus spielte, an der Ostküste, mit Menschen aller Nationalitäten, die ständig Konflikte hatten, in der Familie, am Arbeitsplatz. Wie hieß sie nur?

Zu seiner eigenen Verwunderung beließ es Bernard meistens nicht bei einer Folge, einmal war er erst lange nach Mitternacht zu Bett gegangen. Er vertiefte sich in die Erlebnisse fremder Leute, froh darüber, dass diese mit ihm nichts zu tun hatten. Er entzog sich seinem Leben, in der Serienwelt gab es keinen Terror wie in Paris, keine Attentate. Und wenn es dort drunter und drüber ging, wenn es zu Gewalttaten, zu Vergewaltigungen kam, dann war das weit genug von ihm entfernt, irgendwo in Amerika. Dass es erfundene Geschichten waren, beschäftigte ihn nicht. Ihm kamen sie real vor. Er versank darin, doch manchmal, wenn er darüber einschlief, erwachte er benebelt, als wäre sein Kopf in einen Schraubstock gezwängt, und er fühlte sich erschlagen, wusste nicht, warum.

Von heute auf morgen hörte er damit auf, löschte seinen Account und verließ das Haus am nächsten Morgen in aller Frühe. Er grüßte Madame Brisard, die auf dem Trottoir eine Auseinandersetzung mit den Müllmännern führte, fast überschwänglich. Er hatte über Nacht einen Entschluss gefasst, ohne zu ahnen, warum dieser ausgerechnet jetzt spruchreif geworden war. So war es immer gewesen in seinem Leben: Er wälzte eine

Vorstellung tage-, wochenlang in seinem Kopf, wog Aspekte ab und setzte auf den Moment, da ihm sein Bauch sagte, was zu tun sei. Mireille hatte bei Entscheidungen jeder Art eine Pro-und-Contra-Liste aufgestellt und versucht, ihr Tun rational zu untermauern, unwiderlegbare Argumente zu sammeln. Er glaubte daran nicht, vertraute auf ein Ausbalancieren seiner schwankenden Anschauungen, das sich von selbst ergab, und wartete geduldig, bis seine Intuition, oder wie auch immer man das nennen wollte, zu einem Ergebnis kam.

Er ging hinauf zu Sacré-Cœur, wo um diese Zeit kaum jemand zwischen den Souvenirshops und Bistros flanierte oder auf den Treppenstufen vor der Kirche saß. Er zog ein paar Gassen weiter, hinunter in die Rue Chaptal, wo er zu den ersten Besuchern des Musée de la Vie Romantique gehören wollte. Chaptal, der Name sagte ihm etwas, irgendetwas …

Bernard mochte die überschaubare Anlage des Museums, das nie mit sensationellen Ausstellungen aufwartete und nicht als Attraktion galt. Er löste eine Eintrittskarte und passierte einen dunklen Durchlass. Das Hauptgebäude ließ er links liegen und steuerte auf den kleinen Salon du Thé zu. Wenige Tische und Stühle im obligatorischen Grün, umgeben von niedrigen Hecken und Sträuchern. Es war warm genug, um draußen Platz zu nehmen. Hier wollte er beginnen, seinen Entschluss in die Tat umzusetzen, einen Entschluss, den er sofort als den wichtigsten seines Lebens einstufte, einschneidender noch als den Verkauf seines Ladens. Wenn man etwas für richtig hielt, durfte man nicht zögern.

Er holte sich an der Theke einen Kräutertee und ein glänzendes *pain aux amandes*, das er sich nur selten gönnte. Er genoss den Geschmack nach Mandeln und Marzipan, die feuchte Masse, die an seinem Gaumen klebte. Zuerst seine Schwester anrufen, dann seinem Sohn schreiben, abends bei Christophe vorbeischauen, der vielleicht zuhause war, obwohl er sich seit Monaten um die Angehörigen der Bataclan-Opfer kümmerte, sie juristisch beriet.

So wollte und konnte er nicht weiterleben, mit dieser Angst und dieser Überforderung. Feige war es, was er vorhatte, ja, aber sein Leben gehörte ihm, er besaß nicht das Herz eines Kämpfers, eines Aufständischen. Vielleicht hatte es mit seinem Alter zu tun, dass er sich kaum noch als soziales Wesen begriff, obwohl alle Welt betonte, wie sehr der Mensch auf andere angewiesen sei, dass er ohne andere verkümmere.

Seine Schwester ging nach dem ersten Klingeln ans Telefon, die Überraschung in ihrer Stimme war nicht zu überhören. Bernard erkundigte sich nach ihren letzten Reisen, kam dann zur Sache, ignorierte ihren Hinweis, keine Zeit zu haben, alles für eine Tour auf die Kanarischen Insel vorbereiten zu müssen. Ob das Zimmer in ihrer Wohnung in der Rue du Repos noch frei sei? Ja, antwortete sie verblüfft, außerdem habe sie nur eine Wohnung in Paris. Sie habe keine Zeit gehabt, sich um einen Untermieter zu kümmern, zumal ihr der Gedanke missfiel, bei ihren vielen Reisen einem Unbekannten ihre Wohnung zu überlassen. Warum er frage. Weil er selbst Interesse habe, und daran, dass er ein solider Mieter wäre, bestünde wohl kein Zweifel. Er brauche einen Tapetenwechsel, er wolle sich verkleinern, in der Rue des Saules war ihm alles zu groß, und die Lage ihrer Wohnung am Père-Lachaise sage ihm zu. Er beabsichtige, sich mit der Stadtgeschichte zu befassen, und so ein alter Friedhof habe viel zu bieten …

Offenbar traute seine Schwester ihren Ohren nicht. Geht's dir nicht gut? Hast du Probleme? Er wischte ihre Fragen beiseite und drängte ihr einen Besuch für den kommenden Abend auf. Man könne alles schnell regeln, er zahle, was sie für richtig halte. Seine Schwester, die ihn meist belächelt hatte, sagte schließlich zu. Was sie für ein eigentümliches Geschwisterpaar waren.

Der Garten des Teesalons füllte sich allmählich. Eine Dame in einem schwarzgrünen Kostüm setzte sich zu ihm, nachdem er sein Telefonat beendet hatte. Ob er ein Freund der romantischen Malerei sei, fragte sie ihn, mit einem merkwürdigen Akzent bedächtig artikulierend. Sie stamme aus der Schweiz, aus dem Engadin, wenn er das kenne, und verbringe eine Woche in Paris, um alle Museen nach Gemälden aus dieser Epoche abzuklappern. Sie breitete ein Postkartenset vor sich aus. Von Meisterwerken könne keine Rede sein, aber charmante Stücke seien darunter. Dieses Gemälde kenne er sicher, das Porträt der Schriftstellerin George Sand, mit ihren tiefdunklen Augen und einem Ernst im Gesicht, der sie sehr berühre. Sie habe gleich ein Dutzend Karten gekauft, ihrer Freundin in Pontresina, das sei ein Ort im Engadin, werde sie eine schicken …

Bernard nickte zu allem, freundlich lächelnd. Vom

Engadin hatte er noch nie gehört, aber er tat so, als seien ihm die geographischen Verhältnisse der Schweiz bestens vertraut. Er entschuldigte sich, holte sich eine Tasse Kaffee, der ihn den kraftlosen Kräutertee vergessen lassen sollte, und sah bei seiner Rückkehr erleichtert, dass die Schweizerin sich dem Nachbartisch zugewandt hatte und über George Sands Leben referierte. Chopin sei ihren Augen erlegen, das sei sonnenklar …

Maxime schrieb er eine ausführliche E-Mail. Er werde seinem Leben eine neue Richtung geben, er werde sich von allem so weit wie möglich zurückziehen, seine Wohnung auflösen und nur wenige Dinge behalten. Wenn er Interesse an einzelnen Sachen habe, schließlich handele es sich um den Ort seiner Kindheit – die Wanduhr vielleicht oder die Porzellanesel, mit denen er früher gespielt habe –, solle er Bescheid geben. Wenngleich er momentan in Kanada dafür wohl kaum Verwendung habe. Einiges, darunter die Jazzplatten, werde er irgendwo deponieren. Ob er glücklich sei, setzte er hinzu – eine Frage, eine zu große Frage, die Bernard selbst nicht hätte beantworten können. Er unterschrieb mit »Dein Papa« und schickte die Nachricht in der Gewissheit ab, dass sein Sohn sich nur kurz darüber wundern würde, ob aus Desinteresse oder Verständnis, das wollte Bernard nicht ergründen.

Er stand erleichtert auf, verabschiedete sich herzlich von der Dame aus der Schweiz und wünschte ihr eine gelungene romantische Woche. Er strich mit den Fingerspitzen über den Bistrotisch, dessen Füße sich schief in den Kies bohrten. Wer weiß, wann ich hierher, wann ich auf den Montmartre zurückkehre, dachte er. Vielleicht nie wieder.

Seiner Schwester würde er morgen keine Chance zur Gegenwehr lassen. Da sie ihn ohnehin für einen komischen Kauz hielt, würde sie nicht in ihn dringen, letztlich erfreut darüber sein, einen unkomplizierten Untermieter zu bekommen, an dessen Zahlungsfähigkeit sie keinen Zweifel hegte. Dem Gespräch mit Christophe sah er mit gemischten Gefühlen entgegen. Er würde ihm Vorwürfe machen, ihm Weltflucht vorhalten, wo es gerade jetzt auf Solidarität und Engagement ankomme, gerade wenn alles dem Abgrund entgegentorkele. Bernard nahm sich vor, ihm nicht zu widersprechen, seine Furcht, seine Schwäche offen zuzugeben. Dass er nicht anders könne. Seine Friedhofspläne würde er nicht im Detail ausbreiten, er wollte Christophe nicht überfordern.

23

Seine Schläfen pochen, er schleppt sich am Krematorium vorbei und stöhnt leise auf, als ihm Jean-Luc entgegenkommt und ihn in ein Gespräch verwickelt. Es werde in den nächsten Wochen ein Großreinemachen geben. Grabsteine, die älter als hundert Jahre seien, würden auf ihre Standhaftigkeit hin genauestens überprüft. Beim letzten Unwetter sei eine Frau um ein Haar von einer Reliefplatte getroffen worden. Der Direktor habe umgehend Maßnahmen ergriffen und einen Trupp Fachleute angeheuert.

Bernard hört zu, nein, er tut nur so, als würde er sich für Jean-Lucs Ausführungen interessieren. Er will sich nichts anmerken lassen, doch die Mengen an Bier und Wein, die er gestern Abend mit Aurélie getrunken hat, setzen ihm zu. Bis halb neun saßen sie zusammen, vertilgten den Sandwichvorrat im Purgatoire und redeten über dies und jenes, so als würden sie sich seit Jahren kennen. Stundenlang noch hätte ich mit dir sprechen können – und trinken. Diese Nachricht schickte sie ihm gestern am späten Abend, und er überlegte eine Viertelstunde, was darauf die richtige Antwort wäre.

Mehr an Wein und Bier hätte er beim besten Willen nicht vertragen können. Endlose Gespräche schon.

Für übermorgen ist er mit Aurélie verabredet. An ihrem Vorhaben, mit ihm eine Nacht auf dem Friedhof zu verbringen, hat sie festgehalten. Ihren Schlafsack habe sie bereits aus der Abstellkammer hervorgekramt, Handschuhe, Schal und Mütze lägen bereit, ein Rotwein, der seinen Ansprüchen sicher nicht genügen würde, mit zwei Gläsern, man trinke ja nicht aus der Flasche, und für eine Schale Käsewürfel werde ihr Budget vielleicht auch reichen. Fürs Dessert sei er zuständig.

Bernard setzt sich auf eine Bank. Sein Magen rumort, er schwitzt und liest ihre Nachricht zum vierten oder fünften Mal. Diese Frau ist nicht zu bremsen, und er hat nicht vor, sie zu bremsen. Er muss sich überlegen, welche Route sie nachts einschlagen sollen, und dann braucht es einen Unterschlupf, eine kleine Kapelle, für den Fall, dass es regnet und Aurélie sich in ihren Schlafsack vergraben möchte. Und sie wird auf ganz besondere Fotomotive erpicht sein, auf Gräber, die sie nicht kennt und die nachts stärker wirken als tagsüber.

Er überlegt, die verrückte Frau kommt ihm in den Sinn, die sich binnen kurzer Zeit zu einem Blickfang entwickelt hat. Mühsam erhebt er sich … Aurélie würde über sein Alter spotten, wenn sie seine schleppenden Bewegungen sähe … und tupft sich die Stirn mit einem karierten Stofftaschentuch ab, das er im Studium gekauft hat, in einem Wäscheladen in der Colmarer Altstadt, beste Qualität … Ja, die Verrückte, die dürfte Aurélie noch nicht kennen, eine Sondergenehmigung soll die vor Jahren bekommen haben, als es noch erlaubt war, sich zu Lebzeiten auf dem Friedhof … ja, wie soll man sagen? … zu verewigen, wie dieser Chabot, der Fotograf.

Sie posiert am Chemin Berthollé im Carré des Romantiques, dahin schafft er es selbst heute in seinem Zustand. Gaétan hat ihm, als die Verrückte vor ein paar Wochen still und heimlich aufgestellt wurde, jedes Detail zugesteckt, mit einer Mischung aus Empörung und Bewunderung für diese Skulptur, diesen Neuzugang, dem die anderen Pariser Friedhöfe nichts entgegenzusetzen hätten. Hunderte von Arbeitsstunden seien darauf verwendet worden, aus sechshundert Kilo Marmor – Carrara-Marmor! – die Skulptur einer ein Meter fünfundachtzig großen »blonden Dame« zu erschaffen, deren Vorbild in Wirklichkeit ein paar Zentimeter kleiner sei.

Bernard steht vor ihr, lächelt unwillkürlich. Sie ähnelt Catherine Deneuve und Dalida natürlich, deren Standbild auf dem Montmartre-Friedhof die verrückte Auftraggeberin offensichtlich als Modell vor Augen hatte. Gut frisiert und in freizügiger Abendgarderobe präsentiert sie sich, ihr Geburtsjahr *1956* ist zu lesen, das Todesdatum fehlt logischerweise. An ihrer Bedeutsamkeit duldet die Selbstdarstellerin keinen Zweifel; als *écrivain, égyptologue, latiniste, helléniste, linguiste, pianiste* firmiert diese Madame Violaine, eine Berufsbreite, die auf dem Père-Lachaise nicht oft zu finden ist … *Bernard Vautrot, Weinhändler* sähe dagegen dürftig aus.

Gaétan hat ihm erklärt, was es mit der blonden Verrückten auf sich hat. Romane und Sachbücher habe sie geschrieben, Dutzende, und immer wieder sei sie in kleinere Skandale verwickelt gewesen, Plagiatsvorwürfe, unseriöse Recherchemethoden und so weiter. Zudem habe sie vor einigen Jahren versucht, einen Platz in der Académie française zu ergattern, völlig vergebens, keine einzige Stimme habe sie abbekommen, hat Gaétan triumphierend ausgeführt. Gesehen worden sei Madame Violaine auf dem Friedhof bislang nicht, scheinbar genüge es ihr, eine auffallende Präsenz in Marmor zu haben. In Wirklichkeit – das habe er im Internet geprüft – sehe sie, so Gaétan, übrigens längst nicht so gut aus wie die Deneuve, faltiger und offensichtlich von einem Chirurgen zusammengeschnipselt. Vielleicht bleibe sie deshalb ihrem Grab lieber fern, um die Besucher nicht zu Vergleichen anzuregen und zu enttäuschen.

Bernard hat selbst recherchiert und kommt nicht umhin, Gaétans Boshaftigkeiten zuzustimmen. Aurélie wird ihre Freude daran haben. Er selbst sieht mit Genugtuung, dass die marmorne Grabplatte nicht ganz so solide gefertigt ist, wie sich Madame Violaine das vermutlich vorgestellt hat. Die Fläche weist eine Kuhle auf, in der sich Regenwasser sammelt. Ein Buchfink lässt sich nieder und stillt seinen Durst.

Übermorgen früh wird er sein Handy aufladen, bis zum Anschlag, sie werden in den düsteren Ecken eine Taschenlampe brauchen. Nicht dass Aurélie wieder stolpert und ärztlichen Beistand braucht, mitten in der Nacht. Für heute Abend hat er sich – zum ersten Mal in seinem Leben – einen Film heruntergeladen, ein Vorgang, der ihm einiges abverlangt hat. Einen Film von Claude Chabrol, der in der zehnten Division liegt, einen mit Marie Trintignant in der Hauptrolle: *Betty* heißt er. Chabrol oder Truffaut haben Bernard das halbe Leben begleitet, im Kino fühlt er sich gut, na ja, zumindest früher hat er sich dort gut gefühlt, in der Abgeschlossenheit, in der Kapsel eines in die Jahre gekommenen Saals mit weichen, fleckigen Stoffsesseln.

Betty, der wohl in Paris und Versailles spielt, kennt er trotzdem nicht, er kennt keinen einzigen Film mit Marie Trintignant. Er hofft, dass ihm *Betty* gefallen wird, aber wenn nicht, wird er Aurélie nichts vormachen. Für ein So-tun-als-ob fühlt er sich zu alt, er hat keine Zeit, Theater zu spielen, darüber ist er hinweg, das würde bei ihr zudem schlecht ankommen.

Zuerst aber braucht er eine Kopfschmerztablette. Oder zwei.

24

Alles ging schneller, als er es sich ausgemalt hatte. Madame Brisard und die Nachbarn auf seiner Etage, die er zumindest vom Sehen kannte, sahen ihn erstaunt an, als er von seinen Absichten erzählte. Dass er sich verkleinern wolle, einen Tapetenwechsel brauche und ins zwanzigste Arrondissement ziehe zu seiner Schwester, die – ein Täuschungsmanöver, das ihm glaubwürdig erschien – seinen Beistand brauche, brüderliche Nähe gewissermaßen.

Madame Brisard tat entrüstet und merkte an, dass es einem alten Baum nicht guttue, verpflanzt zu werden. Das habe ihre herzensgute Mutter immer gesagt. Er war erleichtert, dass keine weiteren Nachfragen folgten, seine Schwester durfte von dieser Notlüge nie erfahren. Sie hatte auf sein Ansinnen mit unwirschem Kopfschütteln reagiert, doch die Aussicht auf einen zuverlässigen Untermieter aus nächster Verwandtschaft überzeugte sie. Ohnehin reise sie viel, das wisse er, und Bernard würde bei der läppischen Miete, die sie ihm abverlange, sicher gern die Wohnung in Schuss halten und sich um alles kümmern.

Er kündigte seinen Mietvertrag, in drei Monaten würde er umziehen – Zeit genug, sich von einem Großteil seiner Vergangenheit zu trennen. Maxime zeigte kein Interesse, irgendetwas zu übernehmen; weder für die Porzellanesel noch die Wanduhr schien er im kanadischen Hinterland Verwendung zu haben.

Er kaufte sich ein Buch, das Spaziergänge durch sein neues Viertel beschrieb, und mehrere historische und gegenwärtige Darstellungen des Père-Lachaise enthielt. Der sollte sein künftiger Dreh- und Angelpunkt sein, sein Drückebergerraum, wie Christophe ihm am Telefon wütend vorgeworfen hatte. Und vielleicht hatte er ja recht?

In der Bibliothek sprach er persönlich vor, gab seinen Ausweis ab und verabschiedete sich von Madame Jeanrond, der Leiterin. Solange, ja, Solange hieß sie mit Vornamen, und es kam ihm so vor, als hätte sie ihre Bekanntschaft gern jenseits der Bibliotheksräume vertieft. Dafür war es zu spät. Sie verbarg ihre Enttäuschung nicht, ließ seine Hand erst nach einer Minute los und winkte ihm hinterher, als würde er an der Gare de Lyon zu einer langen Reise in den Süden aufbrechen. Zeitungen las er seit Bataclan nicht mehr, er mied die Überschriften an den Kiosken und blendete Nachrichten im Internet sofort aus. Dass in der Welt keine Ruhe eingekehrt war, blieb ihm trotzdem nicht verborgen.

Danach ging er zu seinem alten Laden, wohl ein letztes Mal. Die jungen Leute begrüßten ihn wie einen guten Freund und erzählten von ihren neuesten Plänen. Wein-Käse-Verkostungen fänden inzwischen jeden Freitag statt, und manchmal lüden sie Sommeliers ein, die von ihren Erfahrungen berichteten und Empfehlungen aussprächen. Ob er nicht Lust habe, einmal vorbeizukommen, gewissermaßen als Elder Statesman des Vin d'aujourd'hui? Bernard staunte darüber, wie schnell man einen solchen Ehrentitel bekam, bedankte sich und entschuldigte sich im gleichen Atemzug. Er verreise für längere Zeit, würde sich vielleicht sogar woanders niederlassen, sein Sohn lebe in Kanada ... Ein Kunde unterbrach zum Glück ihr Gespräch, und zum Abschied kaufte er eine teure Flasche Pinot gris aus dem Elsass, aus dem Maison Trimbach. Die würde er demnächst zusammen mit Christophe leeren, an einem der letzten Tage in seiner Wohnung.

Seinen Freunden, nein, seinen guten Bekannten, mit denen er immer im Sagittaire eingekehrt war, schrieb er Postkarten mit Père-Lachaise-Motiven, die er bei eBay ersteigert hatte. Gesehen hatte er seine Restaurantgefährten seit Längerem nicht mehr. Sie würden ihn kaum vermissen, vielleicht sogar darüber spotten, was für ein merkwürdiger Kauz er geworden war, und mitleidig auf sein Wohl anstoßen.

Seine letzten Wochen auf dem Montmartre vergingen wie im Zeitraffer. Der Kleinlaster einer Firma, die auf Wohnungsauflösungen spezialisiert war, fuhr mit den Dingen davon, die im Zimmer bei seiner Schwester keinen Platz finden würden, nein, die er nicht mehr um sich haben wollte. In den nächsten Tagen würde ein noch kleinerer Transporter kommen und sich mit den übriggebliebenen Habseligkeiten in die Rue du Repos aufmachen.

25

Sie stürmt auf ihn zu, eine ausladende Tasche über der Schulter, die Fotoausrüstung um den Hals. Sie wirkt kräftiger als sonst, was an den zwei, drei Jacken liegen muss, die sie übereinandergezogen hat. Sie winkt ihm zu, ist fast pünktlich, kurz nach halb sechs kommt sie am Grab von Georges Moustaki an, dessen Verse Bernard mühelos aufsagen kann. Hier wollen sie auf die Aufforderung zum Verlassen des Geländes warten. Bernard weiß gut genug, dass es keine patrouillierenden Sicherheitsleute gibt, die nach säumigen Besuchern ausschauen. Manche – das passiert mehrmals in der Woche – überhören alle Ansagen und sind so vertieft in ihr Besichtigungsprogramm, dass sie um Viertel nach sechs entsetzt auf die Uhr oder ihr Handy blicken, verzweifelt zu den geschlossenen Eingangstoren hasten, versuchen, durch lautes Rufen auf sich aufmerksam zu machen, oder an der Tür der Direktorenwohnung klingeln und rütteln.

Heute aber scheint kein verstreutes Häufchen die Signale verpasst zu haben, heute sind es wahrscheinlich nur Bernard und Aurélie, die die Öffnungszeiten ausweiten und eine Nacht auf dem Friedhof verbringen wollen. Sie lässt ihre Kleider- oder Picknicktasche auf den Boden fallen … keine Sorge, den Wein hab ich in Handtücher eingeschlagen … und fällt ihm um den Hals.

Ach, Bernard, wie ich mich auf diesen Tag, nein, auf diese Nacht freue. Ich musste noch im TEP vorbeischauen, da gibt es Aufruhr, weil sich Politiker angesagt haben, die die Sache der Ökologen und Besetzer zu ihrer Sache machen wollen. Du kennst das sicher, dieses Rangeschleime, dieses plötzliche Verständnis für die »Anliegen der Anwohner« und für die armen Pflänzchen und Hühnchen, die eine Heimat gefunden hätten … bla bla. Kurzum, wir müssen aufpassen, dass die nicht auf unsere Kosten ihr eigenes Süppchen kochen, nur um gut dazustehen …

Aber jetzt bin ich hier! Ein Glück, dass kein Regen angesagt ist und die Temperaturen nicht unter zehn Grad fallen sollen heute Nacht. Sicherheitshalber habe ich zwei Daunenjacken angezogen, selbst wenn ich so wie eine gefüllte Kartoffel aussehe. Wenn es mir in deiner Gruft zu heiß wird, werf ich alles ab, einverstanden?

Vor ein paar Wochen hätte Bernard auf solche Sätze verlegen reagiert. Das hat sich geändert. Klingt nach einem guten Plan, das mit dem Kleiderabwerfen. Vielleicht hätte ich einen Heizstrahler mitbringen sollen, aber das hätte mir sicher einen Energieverschwendungstadel von dir eingebracht … Sag Monsieur Moustaki Guten Abend und verabschiede dich auch gleich von ihm. Auf seinem Grab stapeln sich die Devotionalien mal wieder. Hast du keine Blumen für ihn mitgebracht? Aber natürlich, Bernard … Sie nestelt am Reißverschluss ihrer obersten Jacke und zieht eine in Mitleidenschaft gezogene blassrote Rose heraus. Die hat den Nachmittag nicht gut überlebt, aber sie kommt von Herzen, da habe ich sie während der letzten Stunden getragen. Aurélie legt die leicht zerfledderte Rose vorsichtig ab.

So, das wäre erledigt, bis zum nächsten Mal, Monsieur Moustaki. Geht es jetzt endlich los? In unsere Gruft, in unser Mausoleum oder unsere Kapelle? Du kennst dich mit den Fachausdrücken besser aus, ich folge dir auf jeden Fall überallhin.

Die Sonne ist längst untergegangen. Unter dem grauen Himmel dunkelt es ein. Bernard nimmt ihre Hand, bietet ihr an, die große Tasche zu tragen, was sie empört ablehnt. Die Gräber mit ihren verschwommenen Inschriften säumen ihren Weg wie Mahnmale. Aurélie rückt trotz ihres Gepäcks dicht an ihn heran, fast so, als wäre ihr bang ums Herz. Sie redet lauter, aufgeregter als sonst. Ist es weit?

Bernard gefällt sich in seiner Rolle als Kundiger der Nacht. Zehn, fünfzehn Minuten sind es schon zu gehen, das sollte kein Problem sein. Wir nehmen die Hauptwege. Es raschelt irgendwo. Nein, nein, das sind keine Füchse, für die ist es zu früh. Die zeigen sich erst bei finsterer Nacht … und wenn der Direktor auf Exkursion geht. Der hat sich im Internet auf Instagram oder wie das heißt inzwischen einen Namen als Fuchsentdecker und Fuchsbeschreiber gemacht. Ja, das wisse sie, sagt Aurélie so nachdrücklich, so nervös, als spräche sie mit einem Schwerhörigen, sie folge dem Direktor, der habe über achtzigtausend Follower und sei mittlerweile der bekannteste Friedhofschef weltweit. So mache ich das mit meinen Fotos demnächst auch, und für dich gibt's dann eine Rolle als Sidekick.

Sidekick? Bernard ist dankbar für die einbrechende Dunkelheit, die seinen verständnislosen Gesichtsausdruck kaschiert. Ich hab mir die Kapelle eines Malers ausgesucht, ein bisschen verfallen ist sie, aber mäuse- und rattenfrei, keine Sorge. Wir müssen in die Siebzigste, nicht weit von der Avenue de la Chapelle, falls du das Wegenetz schon auswendig kennst.

Kurz darauf kommen sie an. Aurélie hat längst aufgehört, sich bei jedem Geräusch ängstlich umzudrehen. Da wären wir, Madame, hier wollen wir, entschuldige, unsere erste gemeinsame Nacht verbringen, in der letzten Ruhestätte der Familie Caillebotte. Bernard stößt die angelehnte Kapellentür auf. Sie ächzt, öffnet sich widerstrebend. Tritt ein und mach es dir gemütlich. Auf dem Boden hat Bernard im Lauf des Tages unauffällig Sitzkissen deponiert, zusammen mit Teelichtern, die er jetzt der Reihe nach anzündet. Wenn es zieht, schließen wir den Laden. Gefällt's dir? Hier ruhen der bekannteste Spross der Familie Gustave, der keine fünfzig wurde, seine Brüder Martial und Alfred sowie seine Schwägerin Marie.

Aurélie zögert einen Moment ... Caillebotte, ist das der, der Passanten im Pariser Regen gemalt hat mit

Schirmen ... und Arbeiter, die Parkett abziehen oder wie man das nennt? Ja, genau der ist das, ich glaube, man unterschätzt ihn bis heute, befasst sich mehr mit Monet, Manet oder Pissarro, der übrigens drüben in der Avenue Rachel liegt. Sein Grab wäre zum Übernachten aber weniger geeignet gewesen. Es gab mal eine Weinsonderedition mit einem Caillebotte-Etikett, ein Pariser Fensterbild mit der Rückenansicht eines Mannes. Irgendwann, hab ich gelesen, hat er mit der Malerei aufgehört und eine Firma gegründet, die Segelschiffe baute.

Aurélie hört zu, halb aufmerksam, gebannt von dem muffig riechenden Ort, betrachtet ein rundes, vierteiliges Fenster aus gelben Blätter- und Blumenmotiven. Das fotografier ich auf jeden Fall, du kleiner Kunsthistoriker ... aber erst später, jetzt hab ich Hunger und Durst. Damit unser Diner Stil hat, essen wir von Holzbrettchen, die im TEP zusammengesägt wurden, ökologisch einwandfrei, ohne mein Zutun allerdings, sonst wären sie zu nichts zu gebrauchen ... Ah, ist das unser Dessert? Macarons, nicht übel ...

Stundenlang sitzen sie in der Kapelle. Sie reden miteinander. Bernard ist erstaunt, wie leicht es ihm fällt, sein Innerstes nach außen zu kehren. Seine Kindheit, seine Zeit in Colmar, sein Entschluss, die Cave de la Butte aufzumachen, die Angst, zu versagen, Bankrott zu gehen, seine Heirat mit Mireille, ohne groß nachzudenken, eine Selbstverständlichkeit, keine schlechte Ehe sei das gewesen, Maximes Geburt ...

Er hat ihr schon mal davon erzählt, ja, jetzt tut er es

ausführlicher, als er sich selbst je darüber Rechenschaft abgelegt hat, davon, warum er sein Leben am Montmartre aufgegeben hat, wie ihn die Anschläge auf die *Charlie-Hebdo*-Redaktion, auf das Bataclan erschütterten, weshalb er zum Friedhofsmenschen wurde, der keine Sehnsucht nach dem Tod, aber eine tiefe Nähe zu den Toten empfindet und der hinnimmt, dass diese Entscheidung eine Lücke in sein Leben gerissen hat.

Ob er glücklich sei, fragt Aurélie, während sie den letzten Schluck Wein trinkt, einen einfachen Rotwein aus dem Supermarkt. Bernard schweigt, zieht sie vom Boden hoch. Lass uns eine Runde drehen, nachts ist der Friedhof ein besonders außergewöhnlicher Ort. Man spürt intensiv, dass man lebt und dass man weiterleben möchte.

Sie machen einen Fußmarsch von gut einer Stunde, Arm in Arm, bis in den nördlichsten Winkel. Die Luft ist kühl, klar. Einmal scheinen Füchse, ja, Füchse, ihren Weg zu kreuzen. Ein Uhu oder eine Eule, sie lachen, weil sie den Unterschied nicht kennen, meldet sich, und am Himmel sind Sterne zu sehen, mitten in der Stadt. Schließlich kehren sie erschöpft zu den Caillebottes zurück. Sie breiten Aurélies Schlafsack aus, versuchen beide eine halbwegs komfortable Position zwischen den Steinwänden und auf den Kissen einzunehmen. Aurélie kündigt an, sich den Rest der Nacht an ihn zu schmiegen, und sie schmiegt sich prompt an ihn. Sie murmelt schwer Verständliches … dass sie das viergeteilte Fenster erst am Morgen fotografieren werde, im hellen, langsam einbrechenden Licht … und dass sie ihm vertraue, vom ersten Moment an sei das so gewesen, ein Gefühl, das sie nicht kenne, bislang nicht zugelassen oder vergessen habe.

Ihre Stimme wird leiser, was sie sagt, versteht er nicht mehr. Ihr Kopf liegt auf seiner Brust. Bernard hält sie fest. Dass sein Steißbein schmerzt, spürt er und beschließt, es klaglos auszuhalten, bis sie erwacht.

Wäre sie nicht eingeschlafen, hätte er sie geküsst, doch das eilt nicht. Sie werden nachher gemeinsam aufwachen. Wer weiß, was Aurélie vorhat. Vielleicht reicht es, wenn er künftig nur den halben Tag auf dem Friedhof zubringt. Die Toten werden das verstehen.

26

Sein Vermieter, der in einer der noblen Avenuen im Sechzehnten lebte, ging mit ihm durch die Wohnung, wo nur mehr eine Klappliege stand. Bernard schämte sich für den abgenutzten Zustand seiner vier Wände. Wie viele Jahre hatte er hier zugebracht, erst mit Mireille, dann mit Mireille und Maxime, danach wieder nur mit Mireille und schließlich allein? Es würde keine Komplikationen mit der Übergabe geben, sein Vermieter wirkte desinteressiert, wunderte sich über die vorsintflutliche Gastherme in der Küche und schien insgeheim darüber nachzudenken, um wie viel Prozent er die Miete demnächst anheben könnte.

Sie verabschiedeten sich mit einem beiläufigen Händedruck. Bernard würde die Schlüssel Ende der Woche bei der Concierge abgeben. Ihnen viel Glück. Damit verließ sein Vermieter die Wohnung, offenkundig befriedigt, diesen Pflichttermin schnell hinter sich gebracht zu haben. Keiner, der auffiel, dieser Vautrot, und sich wichtigmachte. Dass ausgerechnet der sein freundliches Zuhause in der Rue des Saules gegen ein Zimmer in der Rue du Repos eintauschte und seine

Zeit fortan auf dem Père-Lachaise verbringen würde, das hatte Bernard ihm nicht erzählt.

Ein Abend blieb ihm noch auf dem Montmartre. Christophe und er trafen sich, da Bernard sich für einen Besuch im Sagittaire nicht stark genug fühlte, in einem Restaurant in der Rue Ramey. Wann waren sie zum letzten Mal dort gewesen? Vor über zehn Jahren wohl, als Christophe mal wieder eine seiner Witwen vertreten und ein unanständig hohes Honorar einkassiert hatte? Zu viert saßen sie damals an einem Tisch am Fenster zur Straße ... Warst du damals nicht mit einer sehr blonden Kulturmanagerin zusammen? Christophe schüttelte unwillig den Kopf, während das Entree, eine *terrine de boudin noir poêlé*, serviert wurde. Das sei nur sehr kurz gewesen, eine anstrengende Zeit, er sei nicht unglücklich darüber, dass er für Beziehungen im Moment keine Zeit habe ... und keine Kraft. Er arbeite rund um die Uhr, die Angehörigen der Bataclan-Opfer seien noch immer nicht zu ihrem Recht gekommen, eine Unverschämtheit, er werde jeden einzelnen Fall vor Gericht bringen. Zum Glück gebe es auf der anderen Seite die Klienten, die ihm unbedeutende Fälle anvertrauten und beim Honorar nicht auf Gebührenordnungen achteten. So könne er sich Mandanten leisten, die von der Hand in den Mund lebten. Bernard kannte diese Geschichten zur Genüge, Christophe wurde nicht müde, sie zu erzählen, als wollte er so sein Gewissen bereinigen.

Christophe redete ohne Unterlass. Von den radikalen Veränderungen, die in Frankreich, ach, nein, in der ganzen westlichen Welt erforderlich seien, die Demokratie komme andernfalls, so wie sie jetzt sei, an ihr Ende. Vielleicht werde er sogar Mélenchon wählen, diesen linken Aufwiegler, der könne sich dann mit Le Pen zusammentun und Frankreich in die Tiefe reißen. Nichts, keine Frage löse man in diesem Land, alles werde vertagt, und die nächsten Krawalle, die nächsten Attentate seien in Planung, darauf könne sich Bernard verlassen …

Bernard stimmte Christophe halbherzig zu, ohne sein Essen zu vernachlässigen. Sie hatten sich am Telefon darauf geeinigt, nicht mehr über Bernards Friedhofsexil zu sprechen, aber Christophe konnte es nicht lassen. Wie lächerlich er das fand, hatte er lang und breit ausgeführt, nicht ohne den Eskapisten Bernard kraftvoll zu beschimpfen. Dieser hatte kaum etwas erwidert und erwiderte auch jetzt nichts, als sie zum Dessert, zu den Profiterols, übergingen.

Alles, was Christophe über den Zustand Frankreichs und der Welt äußerte, bestärkte Bernard. Für ihn gab es keinen Zweifel an seinem Entschluss. Und die Frauen, Bernard? Willst du als Mönch auf den Tod warten? Mit deinen – wie alt bist du? – zwei- oder dreiundsechzig Jahren etwas früh, oder? Bernard lächelte, während er seine Profiteroles in die Sahne drückte. Ach, weißt du, darüber mache ich mir keine Gedanken, ehrlich … seit dem Tod von Mireille. Aber vielleicht treffe ich auf junge Witwen auf dem Père-Lachaise, wer weiß? Wenn die anwaltlichen Beistand brauchen, empfehle ich dich gern …

Bernard wollte nicht auf Christophes zornige Reden eingehen, wollte sie scherzhaft überspielen. Er wusste, dass er auf sich allein gestellt sein würde, und er wusste, dass ihm seine alte Welt an manchen Tagen entsetzlich fehlen würde. Dennoch freute er sich auf den kommenden Tag, auf die Schlüsselübergabe.

Sie tranken einen Digestif, Framboise. Christophe übernahm die Rechnung, Witwensold, kein Problem, obwohl du bald kaum noch Ausgaben haben wirst. Ist das Trinkwasser umsonst auf dem Friedhof? Sie umarmten sich. Christophe strahlte mit seinem ganzen Körper Unwillen aus. Schreib mir, schreib mir bitte. Nächstes Mal treffen wir uns im Krematorium, tolle Vorstellung. Er überquerte die Straße hastig, winkte kurz und bog in die Rue Custine ein.

Bernard blieb stehen, sah sich um und breitete die Hände aus, um den einsetzenden Regen aufzufangen.

27

Wie gerädert ich aussehe! Aurélie verzieht das Gesicht zu einer Grimasse, als sie sich in der Spiegel-App ihres Handys betrachtet. Logisch nach dieser endlosen Nacht auf dem kalten Fußboden der Caillebottes! Wie du das aushältst! Machst du das oft, um den Füchsen und Eulen Gute Nacht zu sagen? Trotzdem hat es mir gefallen, du Verrückter, ein paar Stunden haben wir aber geschlafen, oder? Ich hoffe, du hast dich anständig benommen. Der Rotwein hat mich außer Gefecht gesetzt, ich hätte von Übergriffen nicht das Geringste mitbekommen …

Keine Sorge, Aurélie, ich habe mich vorbildlich verhalten, lediglich deinen Schlaf bewacht und dich vor zudringlichen Wölfen und Bären beschützt. Es ist unglaublich, was sich mittlerweile auf einem Friedhof in der Nacht alles tummelt. Unser Direktor kommt mit seinen Instagram-Posts gar nicht mehr hinterher.

Aurélie schnaubt auf, versetzt ihm einen Hieb gegen den Oberarm – ein Zeichen ihrer Zuneigung, das ihr in Fleisch und Blut übergegangen ist. Wie spät ist es? Erst halb neun … eigentlich ist mir kalt, aber mit dir würde ich sogar bis Mittag bleiben, in welcher Gruft auch immer.

Sie warten ab bis Viertel nach neun. Bernard begleitet Aurélie bis zum Haupteingang, erleichtert, keinem der Aufseher zu begegnen. Sie umarmt ihn, steckt ihm ein Stück Papier zu. Da wohn ich, Bernard, Rue Béranger, und da erwart ich dich. Nicht heute Abend, da muss ich mich allein in meinem Bett ausschlafen, mir fallen die Augen zu, aber morgen wäre super, sofern du dich mit meiner einfachen Behausung und dem Ausblick auf andere einfache Behausungen zufriedengibst. Metrostation République, die kannst du nicht verfehlen, selbst wenn dir Google Maps ein Fremdwort ist. Oder benutzt du das inzwischen, um schneller deine kulinarischen Gräber zu finden? Halb acht, ja? Kürbissuppe, wenn überhaupt. Wein? Na, ich weiß nicht … im Moment auf keinen Fall, aber morgen seh ich das vielleicht wieder anders.

Sie wartet seine Antwort nicht ab. Ob sie sein »Ja, bis dann« überhaupt gehört hat? Er kennt die Station, er kennt sie, weil er nach dem Massaker im Bataclan da ausgestiegen ist, um sich den Schauplatz anzusehen. Danach war ihm der Ausflug peinlich … Wie viele Jahre ist das her, drei oder vier?

Er geht nach Hause, wenn man das Zimmer bei seiner Schwester so nennen will. Der Friedhof muss heute ohne ihn auskommen, er hat sich lange genug um ihn gekümmert. Vielleicht gibt es abends ein Konzert im Purgatoire, die richtige Einstimmung auf … auf das, was kommt.

28

Madame Brisard brach in Tränen aus und warf sich an seine Brust, als er ihr die Schlüssel gab. Seine Abwehrversuche waren nutzlos. Sie schluchzte auf ... Einen solch reizenden Mieter gebe es nur einmal, die Leute seien ja ganz anders geworden, unhöflicher und unverschämter, und Madame Mireille erst, eine Seele von Mensch sei sie gewesen ... Bernard konnte sich nicht daran erinnern, dass seine Frau und die Concierge jemals auf freundschaftlichem Fuß gestanden hätten, im Gegenteil.

Egal, es war egal, warum also nicht Madame Brisard in den Arm nehmen und ihr versichern, wie sehr er ihre Dienste immer geschätzt habe? Als er den Fahrer des Umzugsunternehmens begrüßte und auf dem Beifahrersitz des Transporters, der sein letztes Hab und Gut enthielt, Platz nahm, klopfte Madame Brisard gegen die Scheibe und brachte nicht mehr als ein x-fach wiederholtes »Monsieur, Monsieur« hervor. Besuchen Sie uns, besuchen Sie mich, wenn Sie in die Gegend kommen ...

Bernard bat den Fahrer, das Gaspedal durchzutreten,

er habe es eilig. In einer halben Stunde würde er am Ziel sein, ein unbestimmtes, doch ein selbstgewähltes.

Er brach auf, ja.

29

Viel zu früh steht er vor dem grauen Wohnblock, der weder schön noch hässlich ist. Wattelier, er hat ihren Namen gleich entdeckt, dritter Stock. Vor der Zeit will er nicht hereinplatzen, er setzt sich auf ein Mäuerchen neben ramponierten Fahrrädern, zwei davon ohne Vorderreifen. Sein Platz ist von den Balkons nicht einzusehen.

Fünf nach halb acht tut er den nächsten Schritt. Den Code hat sie ihm geschickt. Damit du nicht an der Tür scharren und meinen Namen rufen musst. Er geht zu Fuß nach oben, auf die Gefahr hin, kurzatmig vor ihr zu stehen. Er klopft, sie öffnet, hält den Kopf schräg, lacht ihn an, in einem kurzen, blau-weiß gepunkteten Kleid. Du kommst zu spät! Das macht aber fast nichts, die Kürbissuppe ist noch nicht fertig, nein, ehrlich gesagt, bin ich bisher gar nicht dazugekommen, mich an den Herd zu stellen.

Komm her. Sie zieht ihn in die Wohnung, gibt der Tür einen Fußtritt. Sie umarmt ihn, sieht in seine Augen, und sie küsst ihn, nicht behutsam, nicht abwartend, entschlossen.

Ich wirke sicher überrascht, denkt er eine Sekunde lang, bis sich das Denken verflüchtigt. Sie hören nicht auf sich zu küssen. Gut, sagt sie, als sie Atem holt, dass ich mit der Kocherei noch nicht angefangen habe ... Wir können danach zur Not in ein Bistro gehen, gleich um die Ecke. Ja, gut, sagt er, das eilt nicht, ich bin nicht sehr hungrig. Dann küssen sie sich weiter.

Er bricht auf, ja.

Rainer Moritz

Rainer Moritz, 1958 in Heilbronn geboren, war Fußballschiedsrichter, promovierte mit einer Arbeit über Hermann Lenz, arbeitete als Cheflektor bei Reclam Leipzig und als Programmgeschäftsführer bei Hoffmann und Campe, ehe er 2005 die Leitung des Hamburger Literaturhauses übernahm. Damit nicht genug, tritt Moritz regelmäßig als Literaturkritiker in Erscheinung, übersetzt aus dem Französischen (unter anderem Françoise Sagan und Georges Simenon), kommentiert humorvoll das Weltgeschehen in einer Bremen-2-Radiokolumne – und schreibt Bücher: über Fußball, Schlager, Pariser Parks, aber auch über Richard Yates. Zuletzt sind bei Oktopus seine Romane *Das Schloss der Erinnerungen* und *Als wär das Leben so* erschienen, sowie *Das Buch zum Buch* und *Unbekannte Seiten. Kuriose Literaturgeschichte(n).*